日本《にほん》の神々《かみがみ》の物語《ものがたり》

小沢章友　作
佐竹美保　絵

講談社

はじめに

「八百万《やおよろず》の神々《かみがみ》」といわれるように、日本《にほん》には、たくさんの神《かみ》さまがいます。よく知《し》られている神《かみ》さまもいれば、あまり知《し》られていない神《かみ》さまもいますが、この本《ほん》でこれから紹介《しょうかい》するのは、わが国《くに》でこれまで長《なが》く語《かた》りつがれてきた、代表的《だいひょうてき》な神《かみ》さまたちの物語《ものがたり》です。

日本《にほん》の神《かみ》さまについて書《か》かれた最初《さいしょ》の書物《しょもつ》は、日本《にほん》でもっとも古《ふる》い歴史書《れきししょ》『古事記《こじき》』とされていますが、そのほか、『日本書紀《にほんしょき》』や『風土記《ふどき》』にも、さまざまに書《か》かれています。

『古事記《こじき》』は、上巻《じょうかん》・中巻《ちゅうかん》・下巻《げかん》と三巻《かん》あり、神《かみ》さまについて書《か》かれているのは、上巻《じょうかん》です。そこには、日本《にほん》という国《くに》がどのようにして生《う》まれ、かたちづくられていったのか、天《てん》と地《ち》のはじまりが記《しる》されています。

なにもないところから、晴《は》れやかな「高天が原《たかまがはら》」という天《てん》がさだまると、そこから神《かみ》さまが誕生《たんじょう》してくるのです。まずは、アメノミナカヌシノカミなど、三柱《みはしら》の神《かみ》さまがあらわれると、ぞくぞくと神《かみ》さまたちが生《う》まれてきます。そのなかから、男神《おがみ》イザナキと女神《めがみ》イザナミがあらわれてくるのです。

イザナキとイザナミは力《ちから》をあわせて、国《くに》づくりをはじめます。天《あめ》の浮《う》き橋《はし》の上《うえ》から、どろどろの海《うみ》を矛《ほこ》でかきまぜ、島《しま》をととのえ、かためるのです。それから、イザナキとイザナミは島《しま》に下《お》りて結婚《けっこん》し、つぎつぎと国《くに》を生《う》みだし、さらには、たくさんの神《かみ》さまを生《う》んでいきます。

まばゆい光《ひかり》で天地《てんち》を照《て》らすアマテラス、八俣《やまた》の遠呂知《おろち》を退治《たいじ》するスサノオ、稲羽《いなば》の白《しろ》うさぎをたすけるオオクニヌシなどといった、「八百万《やおよろず》の神々《かみがみ》」のなかでも、よく知《し》られている神《かみ》さまがどのように誕生《たんじょう》し、どのように活躍《かつやく》したのか、『古事記《こじき》』には、まるでほんとうに起《お》こったことのように、いきいきと書《か》かれているのです。

この本《ほん》、『日本《にほん》の神々《かみがみ》の物語《ものがたり》』は、『古事記《こじき》』に記《しる》されている日本《にほん》の神話《しんわ》を、わかりやすく、おもしろく、すらすら読《よ》めるように紹介《しょうかい》してみました。

「そうか、日本《にほん》には、こんなにもかしこい、こんなにも強《つよ》い、こんなにも優《やさ》しい神《かみ》さまがいたのか。」と、神《かみ》さまたちの物語《ものがたり》を楽《たの》しく読《よ》んでもらえれば、うれしく思《おも》います。

日本《にほん》の神々《かみがみ》の物語《ものがたり》

もくじ

一 天地《てんち》が生《う》まれ、神《かみ》が生《う》まれる 8

二 国《くに》をつくり、神《かみ》を生《う》む 18

〈図版《ずはん》〉イザナキとイザナミが生《う》んだ「大八島国《おおやしまくに》」 22

三 イザナキ、黄泉《よみ》の国《くに》へ行《い》く 27

四 日《ひ》の神《かみ》アマテラス、月《つき》の神《かみ》ツクヨミ、海《うみ》の神《かみ》スサノオの誕生《たんじょう》 38

〈図版《ずはん》〉「根《ね》の国《くに》」はどこにあるのか? 49

五 アマテラス、天岩屋《あめのいわや》に隠《かく》れる 50

六 スサノオ、八俣《やまた》の遠呂知《おろち》を斬《き》る 63

七 オオクニヌシ、白《しろ》うさぎを救《すく》う 74

八 根《ね》の国《くに》で、ためされる 86

九 スクナビコナと国《くに》をつくる 101

十 アメワカヒコ、天《てん》にそむいて死《し》ぬ 108

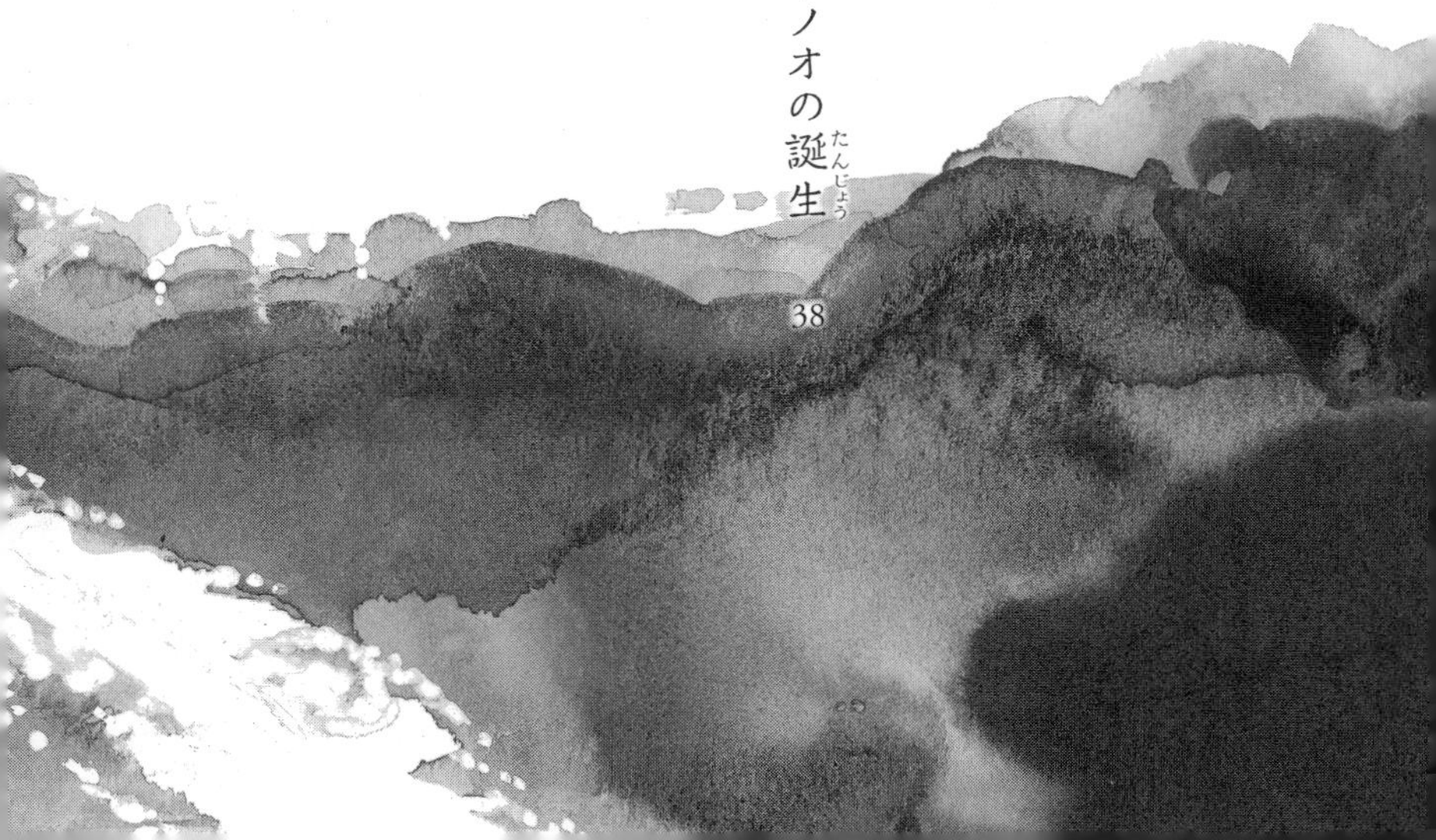

十一　力《ちから》くらべで、国《くに》ゆずり　117
十二　天孫降臨《てんそんこうりん》　126
十三　コノハナノサクヤビメとイワナガヒメ　134
十四　海幸彦《うみさちびこ》ホデリと山幸彦《やまさちびこ》ホオリ　142
十五　ホオリ、海《うみ》の宝《たから》で、兄《あに》をこらしめる　151
十六　見《み》ないでください　161
十七　神武天皇《じんむてんのう》、東征《とうせい》する　168
〈図版《ずはん》〉神武天皇《じんむてんのう》の東征《とうせい》　181
十八　ヤマトタケル、クマソを討《う》つ　182
十九　草《くさ》なぎの剣《つるぎ》をふるう　194
二十　ヤマトタケル、白鳥《はくちょう》となり、高天《たかま》が原《はら》へ　204
あとがき　212
参考文献《さんこうぶんけん》　215

一　天地《てんち》が生《う》まれ、神《かみ》が生《う》まれる

天之御中主神《アメノミナカヌシノカミ》
高御産巣日神《タカミムスヒノカミ》
神産巣日神《カミムスヒノカミ》
宇摩志阿斯訶備比古遅神《ウマシアシカビヒコヂノカミ》
天之常立神《アメノトコタチノカミ》
国之常立神《クニノトコタチノカミ》
豊雲野神《トヨクモノノカミ》
伊邪那岐《イザナキ》　伊邪那美《イザナミ》

はじめ、世界《せかい》は混沌《こんとん》としていた。

光《ひかり》もなかった。闇《やみ》もなかった。天《てん》と地《ち》はまだ分《わ》かれていなくて、はてしないひろがりのなかで、世界《せかい》はゆらゆらと、ゆらめきやまず、かたちあるものは、なにひとつなかった。

やがて、ゆらめきの中《なか》から、清《きよ》らかに澄《す》んだ、明《あか》るいものが集《あつ》まってきた。それはしだい

に薄《うす》くなびいて、いつしか晴《は》れやかな天《てん》となった。高天が原《たかまはら》[*1]があらわれたのである。

高天《たかま》が原《はら》に、三柱《みはしら》の神《かみ》があらわれた。神《かみ》は一柱《ひとはしら》、二柱《ふたはしら》と数《かぞ》えるが、まず、天之御中主神（アメノミナカヌシノカミ）があらわれ、つぎに、高御産巣日神（タカミムスヒノカミ）があらわれた。さらに、神産巣日神（カミムスヒノカミ）があらわれた。

この三柱《みはしら》の神《かみ》は、だれの力《ちから》も借《か》りることなく、[*2]**ひとり神《がみ》**として、自然《しぜん》にあらわれた。そして、『造化三神《ぞうかさんしん》』といわれる、三柱《みはしら》の神《かみ》である。

一方《いっぽう》、天《てん》の下《した》では、重《おも》く濁《にご》ったものがとどこおって、すこしずつかたまり、やがて地《ち》となって、すうっと身《み》をひくように、隠《かく》れていった。

こうして、天《てん》と地《ち》が生《う》まれた。

そのうち、なにかの芽《め》に似《に》たものが萌《も》えでてきた。それはやがて、神《かみ》の姿《すがた》となっていった。

＊1 高天《たかま》が原《はら》……神々《かみがみ》が住《す》むという天上《てんじょう》に浮《う》かぶ世界《せかい》。
＊2 ひとり神《がみ》……男女対《だんじょつい》でない単独《たんどく》の神《かみ》。

た。宇摩志阿斯訶備比古遅神（ウマシアシカビヒコヂノカミ）があらわれ、つぎに、天之常立神（アメノトコタチノカミ）があらわれてきたのである。

この二柱《ふたはしら》の神《かみ》も、ひとり神《がみ》であり、自然《しぜん》にあらわれたあと、すうっと、身《み》を隠《かく》していった。

以上《いじょう》の五柱《はしら》の神《かみ》が、天地《てんち》のすべての源《みなもと》となる、『別天つ神《ことあまつかみ》』である。

このあと、高天が原《たかまがはら》に二柱《ふたはしら》のひとり神《がみ》が生《う》まれ、名《な》のりをあげた。

「われは、国之常立神（クニノトコタチノカミ）なり。」

「われは、豊雲野神（トヨクモノノカミ）なり。」

それからは、三代目《だいめ》、四代目《だいめ》、五代目《だいめ》、六代目《だいめ》と、男女《だんじょ》一対《つい》の双《なら》び神《かみ》が、ぞくぞくと生《う》まれた。

そして、クニノトコタチから、かぞえて七代目《だいめ》に、男神《おがみ》の伊邪那岐（イザナキ）と女神《めがみ》の伊邪那美（イザナミ）が生《う》まれた。

クニノトコタチからイザナミまでの神々《かみがみ》は、『神世七代《かむよななよ》』という。

生《う》まれたばかりのイザナキとイザナミは、高天《たかま》が原《はら》の神々《かみがみ》に呼《よ》ばれた。

「イザナキとイザナミよ。」

天《てん》の神々《かみがみ》の前《まえ》に召《め》されたイザナキとイザナミは、うやうやしく頭《こうべ》を垂《た》れた。

「はい。」

「なんでございましょうか。」

天《てん》の神々《かみがみ》は、イザナキとイザナミに向《む》かって、言《い》った。

「これを、なんじらにさずける。」

それは、玉飾《たまかざ》りをほどこした、りっぱな矛《ほこ》だった。天《あめ》の沼矛《ぬほこ》と呼《よ》ばれるそれを、イザナキとイザナミにさずけると、神々《かみがみ》はこう言《い》った。

「そなたたちは、天《てん》の下《した》で、ゆらゆらとただよっている国土《こくど》を、あるべき姿《すがた》にととのえ、かためよ。」

イザナキはうなずいて、神々《かみがみ》にこたえた。

「かしこまりました。おおせのとおりにいたします。」

イザナミも、しっかりした声《こえ》でこたえた。

「これより、わたしたちは地《ち》へおもむきます。」

イザナキとイザナミは、手《て》をたずさえて矛《ほこ》を持《も》ち、天《てん》からくだって、やがて、*3**天《あめ》の浮《う》き橋《はし》**の上《うえ》に立《た》った。

「さて、イザナミよ。われら、いかがいたそうか？」

イザナキは、イザナミにたずねた。

「天《てん》の神《かみ》にさずかった矛《ほこ》を、下《した》へ差《さ》し入《い》れてみましょう。とどいたところで、国《くに》をつくりましょう。」

イザナミの言葉《ことば》に、イザナキはうなずいた。

「うむ。そういたそう。」

イザナキとイザナミは、ともに力《ちから》をあわせて、矛《ほこ》を持《も》ち、浮《う》き橋《はし》の上《うえ》から、すこしずつ矛《ほこ》をおろしていった。矛《ほこ》は下《した》へ向《む》かって、どんどん伸《の》びていき、その先《さき》が、どろどろと流《なが》れている、原始《げんし》の海《うみ》にたどりついた。

「よし。」

「とどきましたね。」

ふたりは、顔《かお》を見《み》あわせて、微笑《びしょう》した。

「これから、国《くに》をつくろう。」

イザナキが言《い》うと、イザナミはうなずいた。

「ええ、矛《ほこ》で海《うみ》をかきまぜましょう。」

イザナキとイザナミは、海《うみ》にとどいている矛《ほこ》を、ゆっくりとかきまぜていった。すると、海《うみ》の中《なか》の塩《しお》が、矛《ほこ》にかきまぜられて、ころころと鳴《な》りひびいた。

耳《みみ》をすませていたイザナミが言《い》った。

「もう、そろそろ、よいのではないでしょうか。」

イザナキは矛《ほこ》で海《うみ》をかきまわすのをやめて、うなずいた。

「そうだな。そろそろ、よいころあいかな。」

イザナキとイザナミは、ゆっくりと矛《ほこ》をひきあげていった。すると、矛《ほこ》の先《さき》から、ぽたぽ

＊3 天《あめ》の浮《う》き橋《はし》……神《かみ》が高天《たかま》が原《はら》と地上《ちじょう》を行《い》き来《き》するときにわたる、天地《てんち》のあいだにかかっているという橋《はし》。

た塩《しお》がしたたり、それがつもりつもってかたまり、島《しま》となった。天《あめ》の浮《う》き橋《はし》から、その島《しま》を見下《みお》ろして、イザナミはうれしそうに言《い》った。

「うまいぐあいに、ととのい、かたまりましたね。」

イザナキはうなずいて、言《い》った。

「これを、オノゴロ島《じま》と名付《なづ》けよう。」

ふたりは手《て》をたずさえ、天《あめ》の浮《う》き橋《はし》から、オノゴロ島《じま》へ下《お》りていった。島《しま》の中心《ちゅうしん》に歩《ある》いていくと、まるでイザナキとイザナミを出迎《でむか》えるように、天《あめ》の御柱《みはしら》が、まっすぐに天上《てんじょう》に伸《の》びていた。

「おう、これはよい。」

イザナキが言《い》うと、イザナミが目《め》を輝《かがや》かせて、指《ゆび》さした。

「わたしたちの住《す》みかもありますよ。」

御柱《みはしら》をかこんで、広《ひろ》い宮殿《きゅうでん》があったのだ。

「わしらが住《す》んで、暮《く》らすところもできていたのか。」

イザナキが深《ふか》くうなずいて言《い》うと、イザナミが言《い》った。

「ええ。わたしたちが仲《なか》むつまじく暮《く》らせる、*4八尋《やひろ》の宮殿《きゅうでん》ですね。」

男神《おがみ》イザナキと女神《めがみ》イザナミは、いっしょに暮《く》らすのにふさわしい、りっぱな宮殿《きゅうでん》に落《お》ち着《つ》くと、イザナキは言《い》った。

「住《す》むところがさだまったのだから、わしとそなたとで、これから国《くに》をつくり、子《こ》をつくるとしようか。」

「ええ。」

イザナミがうなずくと、イザナキがたずねた。

「ところで、そなたのからだは、どのようにできているかな？」

イザナミは、こたえた。

「わたしのからだは、とてもよくできていて、迎《むか》え入《い》れるところがあります。」

すると、イザナキはイザナミを見《み》つめて、言《い》った。

「わしのからだも、よくととのっていて、出《で》ているところがある。これを、そなたのからだにあわせて、国《くに》を生《う》むとしようか。」

イザナミは深《ふか》くうなずいて、言《い》った。

「ええ、それでよいと思《おも》います。国《くに》つくりのために、このオノゴロの地《ち》で、わたしたちは結《けっ》婚《こん》することにいたしましょう。」

＊4 八尋《やひろ》の宮殿《きゅうでん》……幾尋《いくひろ》もある、とても広《ひろ》い宮殿《きゅうでん》。「尋《ひろ》」は両手《りょうて》を広《ひろ》げた指先《ゆびさき》から指先《ゆびさき》までの長《なが》さをいう。

二　国《くに》をつくり、神《かみ》を生《う》む

イザナキ
イザナミ
火之迦具土神《ヒノカグツチノカミ》

イザナキとイザナミは、まっすぐに天《てん》に伸《の》びている御柱《みはしら》の前《まえ》で、国《くに》をつくる結婚《けっこん》のためにどうするべきか、話《はな》しあった。

「それでは、こうしよう。」

イザナキは天《あめ》の御柱《みはしら》をひとさし指《ゆび》で差《さ》して、提案《ていあん》した。

「わしとそなたが、天《あめ》の御柱《みはしら》を、右《みぎ》と左《ひだり》に分《わ》かれてまわるのだ。そして、出会《であ》ったところで、結婚《けっこん》することにしたら、どうだろう。」

火之迦具土神《ヒノカグツチノカミ》

イザナミはほおを染《そ》めて、うなずいた。

「ええ、そういたしましょう。」

イザナキは言《い》った。

「では、わしは左《ひだり》から、御柱《みはしら》をまわって、そなたと出会《であ》うことにしよう。そなたは右《みぎ》からまわってくれ。」

イザナミはうなずき、明《あか》るい声《こえ》で言《い》った。

「わかりました。わたしはあなたと反対《はんたい》に、御柱《みはしら》をまわります。」

こうして、イザナキは左《ひだり》から、イザナミは右《みぎ》から、天《あめ》の御柱《みはしら》をまわっていった。そして、柱《はしら》の中《なか》ほどで、めぐり会《あ》ったとき、イザナミはにっこりとほほえんで、イザナキに言《い》った。

「ああ、すばらしい男《おとこ》の方《かた》に出会《であ》うことができました。なんと、うれしいことでしょう。」

イザナキもこたえた。

「わしも、いとおしいそなたと出会《であ》えて、うれしい。しかし……。」

それからイザナキは、すこし眉《まゆ》を寄《よ》せて、こう言《い》った。

「わしのほうから先《さき》に声《こえ》をかけなくてはならないのに、そなたのほうが先《さき》に声《こえ》をかけてきたのは、あまりよろしくない。だから、いま一度《いちど》、やりなおそう。」

そこで、ふたりはもとの場所《ばしょ》にもどった。

イザナキは左《ひだり》から、イザナミは右《みぎ》から、御柱《みはしら》をまわりはじめた。前《まえ》とおなじように、柱《はしら》の中《なか》ほどで、めぐり会《あ》うと、今度《こんど》こそはと、イザナキがまず声《こえ》をかけた。

「おう、うつくしい乙女《おとめ》に出会《であ》えて、わしは心《こころ》からうれしいぞ。」

イザナミは、はなやかな顔《かお》でほほえみ、イザナキに言《い》った。

「わたくしも、ほれぼれするほど、すてきな殿方《とのがた》に出会《であ》えて、たいそううれしく思《おも》います。」

イザナキとイザナミは、おたがいを見《み》つめて、誉《ほ》めあった。それから、しっかりと相手《あいて》を抱《だ》きしめた。

こうして、イザナキとイザナミの結婚《けっこん》はめでたく成立《せいりつ》したのである。


イザナキとイザナミは、つぎつぎと国《くに》を生《う》み、神《かみ》を生《う》んでいった。

まず、淡路《あわじ》、四国《しこく》の二名《ふたな》という島《しま》、隠岐《おき》の三つの島《しま》、九州《きゅうしゅう》、壱岐《いき》、対馬《つしま》、佐渡《さど》、そして本州《ほんしゅう》の八つの島《しま》を生《う》んだ。これらは『大八島国《おおやしまくに》』と言《い》われた。

つぎに、吉備《きび》の児島《こじま》、小豆島《しょうどしま》など、瀬戸内《せとうち》から筑紫《ちくし》の海《うみ》にかけて、六つの小島《こじま》を生《う》んだ。さきの八島《とう》とあわせて、イザナキとイザナミは、十四の島《しま》を生《う》んだのである。

島《しま》のあとに、神々《かみがみ》を生《う》んだ。

石《いし》の神《かみ》、土《つち》の神《かみ》、門《もん》の神《かみ》とつづき、海《うみ》の神《かみ》などを生《う》んだ。

さらに、風《かぜ》の神《かみ》、木《き》の神《かみ》、山《やま》の神《かみ》、野《の》の神《かみ》、草《くさ》の神《かみ》を生《う》んだ。ついで、天鳥船（アメノトリフネ）という名《な》の船《ふね》の神《かみ》、大宜都比売（オオゲツヒメ）という名《な》の穀物《こくもつ》の神《かみ》、そして、火之迦具土（ヒノカグツチ）という名《な》の火《ひ》の神《かみ》を生《う》み、あわせて三十五神《しん》を生《う》んだ。

ところが、イザナミは火《ひ》の神《かみ》カグツチを生《う》んだときに、股《また》を炎《ほのお》に焼《や》かれて、傷《きず》を負《お》ってしまった。

「だいじょうぶか、イザナミ。」

イザナキは案《あん》じたが、イザナミは首《くび》をふって言《い》った。

「すぐになおります。心配《しんぱい》されることはありませぬ。」

「うむ。ならばよいが……。」

しかし、イザナミの傷《きず》はなかなか癒《い》えなかった。

イザナキとイザナミが生《う》んだ「大八島国《おおやしまくに》」

イザナキとイザナミは、まず、矛《ほこ》を使《つか》ってオノゴロ島《じま》をつくり、次《つぎ》に8つの島《しま》である大八島国《おおやしまくに》と6つの小島《こじま》を生《う》んだと「古事記《こじき》」にはあります。

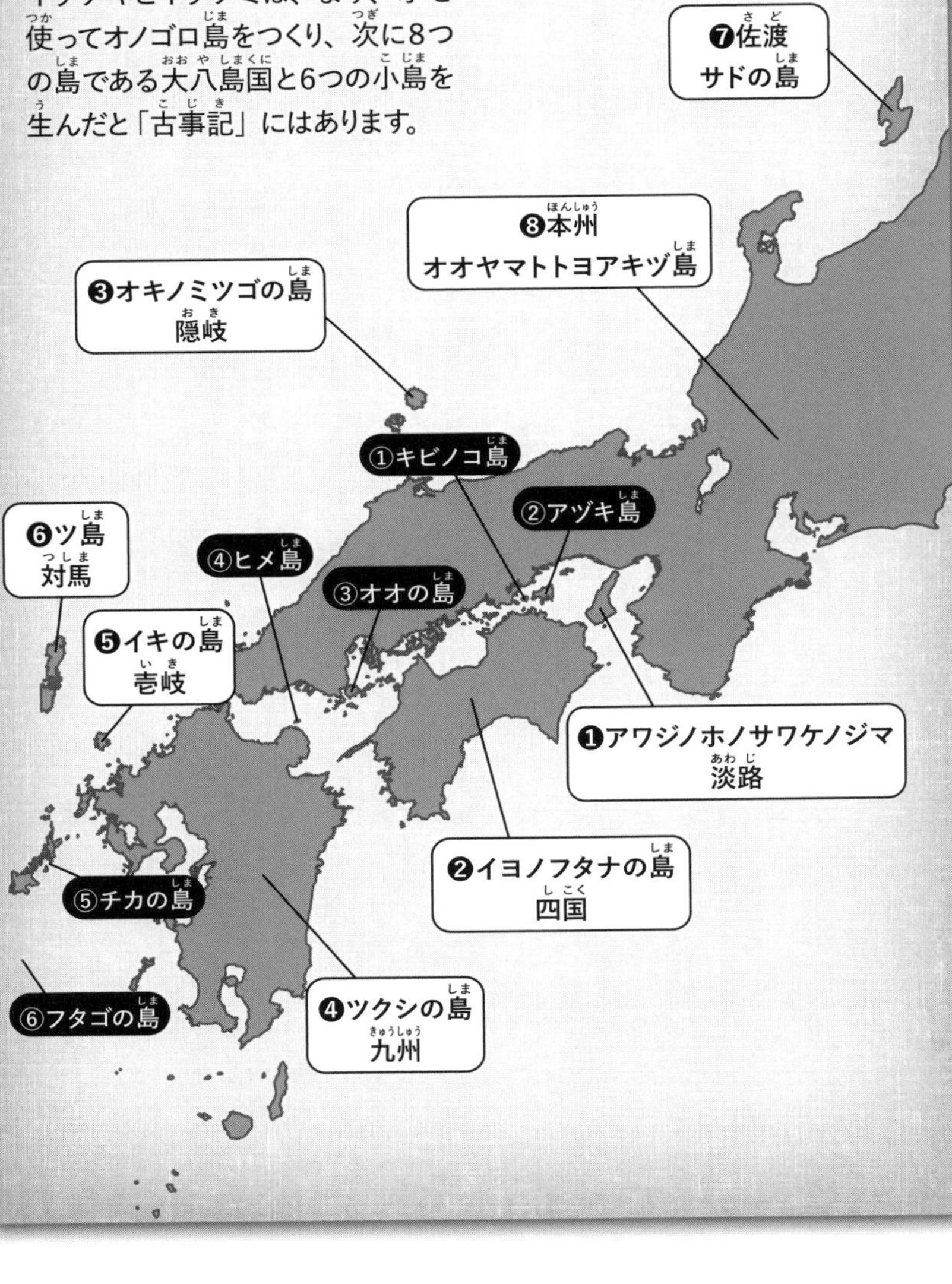

病《や》んだ身《み》でありながら、イザナミは、金山《かなやま》の神《かみ》と埴土《はにつち》の神《かみ》、田《た》の水《みず》の神《かみ》、五穀《ごこく》のみのりの神《かみ》であるワクムスビの神《かみ》、穀物《こくもつ》をつかさどるトヨウケヒメの神《かみ》を、つぎつぎと生《う》んでいった。

それでも、イザナミの病《やまい》はなおらず、日《ひ》に日《ひ》に重《おも》くなっていった。

「しっかりせよ、イザナミ。」

イザナキは、つきっきりで看病《かんびょう》したが、イザナミは「いとしい夫《おっと》よ、さようなら。」と告《つ》げて、とうとう死《し》んでしまった。

「おお、なんということだ！」

イザナキは、声《こえ》をあげて悲《かな》しんだ。

「あわれ、わが妻《つま》よ！　かけがえのないそなたを、たくさんいる子《こ》たちのひとりと、取《と》り替《か》えてしまったとは！」

イザナキは、妻《つま》のなきがらにとりすがって、なげいた。まるで眠《ねむ》るようにまぶたをとじている、うつくしいイザナミの顔《かお》に、みずからの顔《かお》を寄《よ》せ、足《あし》もとにすがりつき、ひたすら泣《な》きつづけた。

そのとき流《なが》した涙《なみだ》から、香山《かぐやま》のふもとの丘《おか》の、木《き》の下《した》にいる、泣沢女（ナキサワメ）の神《かみ》が生《う》まれた。

「いとしいイザナミよ。そなたを失《うしな》って、わしは悲《かな》しくてならぬ。」

イザナキは、死《し》んだ妻《つま》を、出雲《いずも》の国《くに》と伯耆《ほうき》の国《くに》の境《さかい》にある比婆《ひば》の山《やま》に葬《ほうむ》った。

それから、イザナミの死《し》をもたらしたカグツチを呼《よ》びだして、にらみつけた。

「わが子《こ》、カグツチよ。そなたの母《はは》であり、わがいとしい妻《つま》イザナミを、よくも奪《うば》ってくれたな。」

イザナキは、腰《こし》につけていた天之尾羽張（アメノオハバリ）という名《な》の十拳《とつか》の剣《つるぎ》をぬいた。十拳《とつか》の剣《つるぎ》とは、刃《は》が握《にぎ》り拳《こぶし》十個分《こぶん》の長《なが》さの剣《つるぎ》である。

「されど、父上《ちちうえ》。」

カグツチは首《くび》をふって、けんめいにあやまった。

「わたくしは、母《はは》を傷《きず》つけるつもりなど、なかったのでございます。どうか、おゆるしください。」

しかし、イザナキの怒《いか》りはおさまらなかった。

「いや、ゆるさぬ！」

イザナキは、わが子《こ》である火《ひ》の神《かみ》カグツチの首《くび》を、剣《つるぎ》で斬《き》った。

剣《つるぎ》の切《き》っ先《さき》についた血《ち》は、岩山《いわやま》の巌《いわお》にほとばしり、石拆神（イワサクノカミ）など、三つの神《かみ》を生《う》んだ。剣《つるぎ》の鍔《つば》についた血《ち》も、岩山《いわやま》の巌《いわお》にほとばしり、豊布都神（トヨフツノカミ）など、三つの神《かみ》を生《う》んだ。剣《つるぎ》の柄《つか》にたまった血《ち》は、指《ゆび》の股《また》からしたたって、闇淤加美神（クラオカミノカミ）など、ふたつの神《かみ》を生《しょう》じた。

さらに、斬《き》られたカグツチのほうでは、頭《あたま》、胸《むね》、腹《はら》、股《また》、左手《ひだりて》、右手《みぎて》、左足《ひだりあし》、右足《みぎあし》に、正鹿山津見神（マサカヤマツミノカミ）など、あわせて八つの神《かみ》が生《う》まれた。

三 イザナキ、黄泉《よみ》の国《くに》へ行《い》く

イザナキ
イザナミ

「ああ、わが妻《つま》よ。」

イザナキは、いとしいイザナミをあきらめることができなかった。なくした妻《つま》を思《おも》い、毎《まい》日《にち》、毎日《まいにち》、なげいて、涙《なみだ》を流《なが》しつづけた。

「イザナミよ、わしはそなたに会《あ》いたい。そなたの姿《すがた》を見《み》たい。」

思《おも》いをつのらせたイザナキは、ついに心《こころ》を決《き》めた。

「よし、会《あ》おう。きっと、そなたはいま、***黄泉《よみ》の国《くに》**にいるにちがいない。わしは、そなたに

会《あ》うために、そこへ行《い》こう。」

黄泉《よみ》の国《くに》は、地《ち》の下深《したふか》く、闇《やみ》に閉《と》ざされていて、この世《よ》とはまったく切《き》り離《はな》されたところだった。そこに住《す》む者《もの》たちは、この世《よ》の者《もの》ではなかった。まだ生《い》きている者《もの》がそこへ行《い》くのは、危険《きけん》きわまりなかった。それでも、イザナキの決意《けつい》は固《かた》く、黄泉《よみ》の国《くに》へと旅立《たびだ》った。

地《ち》の下《した》へ、下《した》へ、イザナキは一歩《いっぽ》ずつ降《お》りていった。

「イザナミよ、いとしい妻《つま》よ。わしはそなたに会《あ》いたい。そなたの姿《すがた》をいま一度《いちど》見《み》たい。」

やがて、イザナキは黄泉《よみ》の国《くに》へたどりついた。

黄泉《よみ》の国《くに》は、いかめしい戸《と》にさえぎられていた。イザナキは、戸《と》の前《まえ》で、イザナミに呼《よ》びかけた。

「わが妻《つま》よ。いとしい妻《つま》よ。そなたとともに、わしは国《くに》をつくったが、まだそれは終《お》わっていない。そなたとの国《くに》つくりの約束《やくそく》は、まだつづいている。イザナミよ、もどってくれ。ともに、帰《かえ》ろう。」

するとそれを聞《き》きつけたイザナミは、戸《と》の内側《うちがわ》から、こたえた。

「なんと、口惜《くちお》しや。どうして、もっと早《はや》くに来《き》てくださらなかったのですか。わたしはもう、黄泉《よみ》の国《くに》のかまどでつくられた物《もの》を食《た》べてしまいました。いまや、わたしは黄泉《よみ》の国《くに》の者《もの》となってしまったのです。」

それを聞《き》くと、イザナキは涙《なみだ》を流《なが》して、言《い》った。

「なにを言《い》うのだ。まだ、遅《おそ》くはない。帰《かえ》ろう。わしがそなたをもとの世界《せかい》へ連《つ》れ帰《かえ》ろう。」

すると、イザナミは言《い》った。

「いとしいあなたが来《こ》られたことは、うれしく、ありがたく思《おも》います。もしも帰《かえ》れるものなら、飛《と》んで帰《かえ》りたいと思《おも》います。どうか、しばらくお待《ま》ちください。黄泉神（ヨモツカミ）と話《はな》しあってみます。ただし、それまでは、戸《と》の中《なか》へ入《はい》ってはいけません。ゆめゆめ、わたしの姿《すがた》をごらんになってはなりませんよ。」

そうこたえたあと、イザナミはいっこうにあらわれようとはしなかった。

「まだか、まだか……。」

イザナキは、イザナミに言《い》われたことを守《まも》って、じっと待《ま》ちつづけた。しかし、ついに待《ま》ちきれず、禁《きん》じられた黄泉《よみ》の国《くに》へ、足《あし》を踏《ふ》み入《い》れてしまった。

＊1 黄泉《よみ》の国《くに》……死者《ししゃ》の国《くに》。

そこは、真《ま》っ暗《くら》な闇《やみ》だった。

「暗《くら》いな。なにも見《み》えぬ。」

イザナキは、*2**みずら**の、左《ひだり》に差《さ》した魔《ま》よけの櫛《くし》をとって、竹《たけ》の太《ふと》い歯《は》を一本《ぽん》折《お》り取《と》って、火《ひ》をともした。

その火《ひ》をあかりにして、闇《やみ》の奥《おく》へ奥《おく》へと進《すす》んでいった。

すると、そこに、いとしい妻《つま》のイザナミがいた。

「あっ！」

イザナキは息《いき》をのんだ。

なんと、イザナミの身《み》には、ウジ虫《むし》がわいて、くねりくねりとうごめいていた。そればかりか、見《み》るもおそろしい雷神《らいじん》が、全身《ぜんしん》に生《う》まれていたのだ。

頭《あたま》には大雷（オオイカズチ）がいて、胸《むね》には火雷（ホノイカズチ）がいた。腹《はら》には黒雷（クロイカズチ）がいて、股《また》には拆雷（サクイカズチ）がいた。左手《ひだりて》には若雷（ワカイカズチ）、右手《みぎて》には土雷（ツチイカズチ）、左足《ひだりあし》には鳴雷（ナルイカズチ）、右足《みぎあし》には伏雷（フシイカズチ）と、あわせて八つの雷神《らいじん》が、イザナミのからだに生《う》まれていたのである。

「なんという姿《すがた》か！」

イザナキは驚《おどろ》き、おののいた。恐《おそ》ろしさに逃《に》げようとした。

すると、イザナミが叫《さけ》んだ。

「けっして見《み》るなと言《い》ったのに、それを破《やぶ》り、よくもわたしに、恥《はじ》をかかせてくれましたね！」

イザナキはぶるっとふるえ、目《め》をそむけ、いちもくさんに逃《に》げだした。

「逃《に》がすものですか！」

イザナミは、*3**黄泉《よもつ》の醜女（シコメ）**八人《にん》に命《めい》じて、逃《に》げるイザナキを追《お》わせた。

「約束《やくそく》を守《まも》らなかった夫《おっと》をつかまえて、ここへ連《つ》れてきなさい！」

イザナキは、もとの世界《せかい》へ向《む》かって、けんめいに逃《に》げた。

しかし、シコメたちはおそろしい速《はや》さで追《お》ってくる。あわや追《お》いつかれようとしたとき、イザナキは、髪《かみ》につけていた黒《くろ》カズラの草《くさ》をとって、投《な》げた。魔《ま》よけとして髪《かみ》にむすぶ黒《くろ》カ

*2 みずら……髪《かみ》を頭《あたま》の真《ま》ん中《なか》から左右《さゆう》に分《わ》け、耳《みみ》の前《まえ》で輪《わ》をつくり中央《ちゅうおう》を細《ほそ》い紐《ひも》で束《たば》ねて垂《た》らした髪型《かみがた》。男子《だんし》の髪型《かみがた》。
*3 黄泉《よもつ》の醜女（シコメ）……黄泉《よみ》の国《くに》にいる、おそろしい女《おんな》たち。

ズラが地《ち》に落《お》ちると、たちまち山《やま》ぶどうの実《み》となった。

「あっ、うまそうな実《み》じゃ。」

シコメたちは、さっそく実《み》を拾《ひろ》って、食《た》べはじめた。

そのあいだに、逃《に》げのびようと、イザナキは必死《ひっし》で走《はし》った。ところが、シコメたちはすぐに食《た》べ終《お》えて、ふたたび追《お》いかけてきた。追《お》いつかれようとしたとき、イザナキは右《みぎ》のみずらに差《さ》していた櫛《くし》の歯《は》を折《お》り取《と》って、投《な》げ捨《す》てた。すると、そこから、たちまちタケノコがにょきにょきと生《は》えてきた。

「おっ、これもうまそうじゃ。」

シコメたちは、タケノコを引《ひ》き抜《ぬ》いて、食《た》べはじめた。そのすきに、イザナキは、先《さき》へ先《さき》へと走《はし》って逃《に》げようとした。

「なんとしても、日《ひ》の国《くに》へもどるぞ。」

死《し》の国《くに》の床《ゆか》に横《よこ》たわって、耳《みみ》をすませていたイザナミは、叫《さけ》んだ。

「ええい、ふがいのないシコメたちめ！　このまま、あいつを逃《に》がしてなるものか！」

イザナミは歯《は》ぎしりして、自分《じぶん》のからだに生《う》まれていた八つの雷神《らいじん》に、黄泉《よみ》の国《くに》の兵《へい》、千五百をひきいて、イザナキを追《お》うように、命《めい》じた。

「そなたら、夫《おっと》を追《お》え！」

雷神《らいじん》と兵《へい》はただちに走《はし》りだした。

足音高《あしおとたか》く、怒濤《どとう》のように迫《せま》ってくる雷神《らいじん》と兵《へい》に追《お》われ、イザナキは、腰《こし》につけていた十拳《とつか》の剣《つるぎ》を抜《ぬ》いた。近寄《ちかよ》れば斬《き》るぞと、剣《つるぎ》を後《うし》ろ手《で》にふりかざしながら、必死《ひっし》で逃《に》げつづけた。

それでも、雷神《らいじん》たちはなおも追《お》いかけてくる。

追《お》われ、追《お》われて、逃《に》げていくうちに、ようやく、*4**黄泉比良坂**《よもつひらさか》のふもとにたどり着《つ》いた。

「ここをのぼれば、地上《ちじょう》に出《で》る。なんとか、のぼらなくては。」

イザナキは、黄泉《よみ》の国《くに》でのおぞましいイザナミの姿《すがた》を思《おも》い、身《み》ぶるいした。

そこはまさしく生《せい》と死《し》の、国境《くにざかい》だったが、そのとき、イザナキの目《め》に、坂《さか》のふもとに生《は》えている桃《もも》の木《き》が見《み》えた。

「桃《もも》だ！　あの実《み》には、呪力《じゅりょく》があるはずだ！」

イザナキは、木《き》に生《は》えていた桃《もも》の実《み》を三つ取《と》った。そして、追《お》っ手《て》に向《む》かって、桃《もも》の実《み》を

＊4　黄泉比良坂《よもつひらさか》……「ひら」は崖《がけ》、「さか」は境目《さかいめ》を意味《いみ》する。この世《よ》と黄泉《よみ》の国《くに》との間《あいだ》は断崖《だんがい》のようだと考《かんが》えられていた。

投《な》げつけた。

「去《さ》れっ！」

追《お》っ手《て》をはらう呪力《じゅりょく》のある桃《もも》の実《み》を投《な》げつけられて、雷神《らいじん》と兵《へい》はたじろいだ。

「これはいかん！」

「たまらんぞ！」

追《お》っ手《て》は、ことごとく逃《に》げ帰《かえ》った。

イザナキは、ほうっと息《いき》をつき、桃《もも》の実《み》に感謝《かんしゃ》した。

「よくぞ、わしをたすけてくれた。」

それから、桃《もも》の木《き》に言《い》った。

「桃《もも》よ。わしがつくりあげた地上《ちじょう》の国《くに》、[*5]**葦原《あしはら》の中《なか》つ国《くに》**に住《す》む人々《ひとびと》が、つらく、くるしい目《め》にあうときには、いまわしをたすけたように、たすけよ。」

イザナキは桃《もも》に、意富加牟豆美命（オオカムズミノミコト）という神《かみ》の名《な》をあたえた。

「やれやれ、ようやく逃《に》げきったか。」

イザナキは胸《むね》をなでおろして、坂《さか》をのぼりはじめた。

ところが、イザナミは、あきらめていなかった。追《お》っ手《て》がしくじったことを知《し》ると、がばっと起《お》き上《あ》がり、おそろしい速《はや》さで走《はし》りだした。

「待《ま》てっ、憎《に》っくきイザナキ！」

日《ひ》の国《くに》へ夫《おっと》を逃《に》がしてなるものかと、イザナミは追《お》いかけてきて、すぐ間近《まぢか》にせまってきた。

「待《ま》ちなさいっ、イザナキ！」

ぞっとするような、その声《こえ》に、イザナキはぶるっとふるえた。

「坂《さか》をふさごう。」

イザナキは、全身《ぜんしん》に神《かみ》の力《ちから》をわきたたせて、千人《にん》がかりで、やっと動《うご》くような岩《いわ》を、えいっと抱《かか》えあげて、黄泉比良坂《よもつひらさか》をふさいだ。そして、岩《いわ》をあいだにはさんで、向《む》こう側《がわ》にいるイザナミに向《む》かって、叫《さけ》んだ。

「もはや、これまでだ！　わしは夫《おっと》でもなく、そなたは妻《つま》でもない！　たがいをむすぶ縁《えにし》の糸《いと》は、切《き》れたぞ！」

それを聞《き》いたイザナミはうなり、すさまじい声《こえ》で、イザナキを呪《のろ》った。

「なんという、冷《つめ》たいお言葉《ことば》！　あなたがこんなことをするのなら、わたしは、そちらの国《くに》の人々《ひとびと》を、一日《にち》に千人《にん》、殺《ころ》しましょう！」

イザナキはこたえて、叫《さけ》んだ。

「おまえがそんなことをするのなら、わしのほうこそ、一日《にち》に千五百人《にん》が生《う》まれるようにしよう！」

このことにより、この世《よ》では、一日《にち》に死《し》ぬ者《もの》が千人《にん》、生《う》まれる者《もの》が千五百人《にん》とさだめられたのである。

「ええい、口惜《くちお》しい。」

イザナミは涙《なみだ》を流《なが》しながら、死《し》の国《くに》、黄泉《よみ》の国《くに》へもどっていった。

黄泉《よみ》の国《くに》へもどったイザナミは、黄泉津大神（ヨモツオオカミ）となった。

そして、黄泉比良坂《よもつひらさか》をふさいだ岩《いわ》は、黄泉《よみ》の境《さかい》の神《かみ》、黄泉戸大神（ヨモツトノオオカミ）と呼《よ》ばれるようになった。

＊5　葦原《あしはら》の中《なか》つ国《くに》……天上《てんじょう》の「高天《たかま》が原《はら》」と地下《ちか》の「黄泉《よみ》の国《くに》」の中間《ちゅうかん》にある地上《ちじょう》のこと。

四　日《ひ》の神《かみ》アマテラス、月《つき》の神《かみ》ツクヨミ、海《うみ》の神《かみ》スサノオの誕生《たんじょう》

イザナキ
天照大御神《アマテラスオオミカミ》
月読命《ツクヨミノミコト》
須佐之男命《スサノオノミコト》

生《せい》の国《くに》へもどったイザナキは、しみじみと思《おも》った。

「われながら、とんでもない国《くに》へ、よくぞ乗《の》りこんだものだ。黄泉《よみ》の国《くに》のけがれと、イザナミの執念《しゅうねん》と呪《のろ》いとで、わが身《み》はすっかりけがれてしまった。死《し》のけがれから、わが身《み》をはらわなくてはなるまい。」

イザナキは、筑紫《ちくし》の国《くに》、日向《ひむか》の海《うみ》と川《かわ》との境《さかい》の、光《ひかり》にみちた、水《みず》が清《きよ》らかに流《なが》れているところで、みそぎをおこなった。

須佐之男命《スサノオノミコト》

けがれの去《さ》ったところから、さまざまな神々《かみがみ》が生《う》まれた。魔《ま》をはらう神《かみ》、疲《つか》れわずらいの神《かみ》、道《みち》の神《かみ》、けがれを食《た》べる神《かみ》、沖《おき》の神《かみ》、渚《なぎさ》の神《かみ》などが生《う》まれた。そのあと、イザナキは水《みず》にもぐり、身《み》を清《きよ》めた。すると、わざわいの神《かみ》や、悪《あ》しきをはらう神《かみ》、海《うみ》の水路《すいろ》の神《かみ》など、多《おお》くの神々《かみがみ》が生《う》まれた。

「けがれは、すっかり、はらわれたぞ。」

身《み》が清《きよ》められたと感《かん》じたイザナキは、左《ひだり》の目《め》を洗《あら》った。すると、あたりに燦々《さんさん》と光《ひかり》を放《はな》つ、世《よ》にもうつくしい女神《めがみ》、天照大御神（アマテラスオオミカミ）が生《う》まれた。

「よきかな、よきかな。」

これまでの、天《てん》のどの女神《めがみ》よりも、燦然《さんぜん》と光《ひか》り輝《かがや》く、女神《めがみ》アマテラスの誕生《たんじょう》に、イザナキはよろこんだ。

つぎに、イザナキは右《みぎ》の目《め》を洗《あら》った。すると、思慮深《しりょぶか》いおもざしの月読命（ツクヨミノミコト）が生《う》まれた。

「うむ。この子《こ》もよいな。」

さらにイザナキは、鼻《はな》を洗《あら》った。すると、そこから、がっしりしたからだつきの、須佐之男命（スサノオノミコト）が生《う》まれてきた。

「この子《こ》は、見《み》るからに、たくましいのう。」

イザナキが生《う》んだ三神《しん》は、『三貴子《さんきし》』と言《い》われ、いずれも姿《すがた》かたちにすぐれ、全身《ぜんしん》に力《ちから》がみなぎっていた。

「ようし、よし。」

イザナキは満足《まんぞく》して、声高《こえたか》らかに叫《さけ》んだ。

「わしは、これまでかぞえきれないほど、たくさんの子《こ》を生《う》んだ。そして、生《う》むことの終《お》わりに、ついに、これらのすばらしい子《こ》たちを得《え》たぞ！」

イザナキは、首《くび》にかけていた玉飾《たまかざ》りの、玉《たま》の緒《お》をゆらせて、さわやかに鳴《な》らした。そして、玉飾《たまかざ》りをアマテラスにさずけて、命《めい》じた。

「なんじ、天界《てんかい》へ行《い》き、高天《たかま》が原《はら》を治《おさ》めよ。」

「わかりました。」

アマテラスはうなずき、玉飾《たまかざ》りを手《て》に、四方八方《しほうはっぽう》に光《ひかり》を放《はな》ちながら、天上《てんじょう》へ昇《のぼ》っていった。

つぎに、イザナキはツクヨミに向《む》かって言《い》った。

「なんじ、ツクヨミよ。」

「はい。」

「月《つき》の国《くに》、夜《よる》の国《くに》へ行《い》き、なんじが治《おさ》めよ。」

ツクヨミはしずかにうなずき、月《つき》の光《ひかり》がさす夜《よる》の国《くに》へ向《む》かっていった。

イザナキは、最後《さいご》に、スサノオに言《い》った。

「なんじ、スサノオ。」

「はっ。」

「そなたは、海原《うなばら》を治《おさ》めよ。よいな。」

スサノオは黙《だま》ってまなざしを遠《とお》くに投《な》げた。そして、どうしてか、波音《なみおと》のとどろく海《うみ》の国《くに》へ、すぐに向《む》かおうとはしなかった。

「よし、すべて終《お》わったぞ。」

目《め》と鼻《はな》から、日《ひ》の神《かみ》アマテラス、夜《よる》の神《かみ》ツクヨミ、海《うみ》の神《かみ》スサノオを生《う》み終《お》えて、それぞれの国《くに》へ向《む》かうように命《めい》じたイザナキは、胸《むね》をなでおろし、太《ふと》い息《いき》をついた。

「なすべきことは、すべてなしとげた。わしは、これより安《やす》らぐことにしよう。」

高天《たかま》が原《はら》も、夜《よる》の国《くに》も、海《うみ》の国《くに》も、しばらくはなにごともなく治《おさ》まっていた。

しかし、海《うみ》の国《くに》のスサノオひとり、心《こころ》がみだれて、たのしむことができなかった。しばらくは、イザナキに命《めい》じられたとおり、おだやかに海原《うなばら》を治《おさ》めていたのだが、いつからか、ある声《こえ》が聞《き》こえるようになったのだ。

——スサノオ。

はじめは、小《ちい》さな声《こえ》だった。ところが、しだいに、それははっきりした声《こえ》になった。そして、その声《こえ》はどこにいても、ついてまわるように、耳《みみ》もとで聞《き》こえ、スサノオは心《こころ》がやすまるひまがなくなった。それは、はるか遠《とお》いところから、自分《じぶん》を呼《よ》んでいるような声《こえ》で、なぜか、なつかしくてたまらない声《こえ》だった。

——スサノオ……。

スサノオが海《うみ》へ行《い》けば、ザザアッとひびきわたる潮《しお》にまぎれて、その声《こえ》が聞《き》こえてきてやまなかった。

川《かわ》へ行《い》けば、サラサラと流《なが》れる水《みず》のせせらぎにまぎれて、その声《こえ》はやむことなしに、聞《き》こえてくる。

——スサノオ……。

あれはどこから、聞《き》こえてくるのだろう？

スサノオはその声《こえ》に、じっと耳《みみ》をかたむけて、思《おも》いをこらしてみた。そうしているうちに、その声《こえ》がどこから発《はっ》せられているのか、ようやく、スサノオは理解《りかい》した。

「そうだ！　あれは、[*1]**根《ね》の国《くに》**からだ！」

それは根《ね》の国《くに》から、聞《き》こえてきていた。そして、その国《くに》こそは、母神《ははがみ》のいる国《くに》だった。

「母《はは》が、わたしを呼《よ》んでいる。」

スサノオは、母《はは》を見《み》たことはなかった。しかし、なつかしいその声《こえ》を、聞《き》きわけることが

＊1　根《ね》の国《くに》……「根《ね》の堅州国《かたすくに》」ともいう。「高天が原《たかまがはら》」「葦原の中つ国《あしはらのなかつくに》」「黄泉の国《よみのくに》」とは別《べつ》の異界《いかい》。海底《かいてい》につながっている一方《いっぽう》で草原《そうげん》もあり、生命《せいめい》の根源《こんげん》があるとされる。

できたのだ。

「母《はは》だ、母《はは》がなぜかわたしを呼《よ》んでいるのだ。わたしは母《はは》の国《くに》へ行《い》くべきではないのか。」

スサノオは考《かんが》えた。

しかし、根《ね》の国《くに》は、スサノオがすぐに行《い》けるところではなかった。はるか遠《とお》くの、そこがどんなところなのか、なにひとつ知《し》らない国《くに》だった。それにもかかわらず、スサノオを呼《よ》ぶ声《こえ》は消《き》えることがなかった。自分《じぶん》はどうすればいいのか、スサノオは悩《なや》み、さまよった。

「母《はは》よ、なぜ、わたしを呼《よ》ぶのですか？」

スサノオは心《こころ》をふるわせ、じだんだを踏《ふ》み、声《こえ》をあげて泣《な》いた。

命《めい》じられた海《うみ》の国《くに》を治《おさ》めることができなくなってから、ひさしい月日《つきひ》が流《なが》れた。さまようスサノオのひげは伸《の》びて、胸《むね》のみぞおちまでとどくようになった。手《て》でにぎれば、八にぎりしても、なお、あまるのだった。

「母《はは》よ、母《はは》よ！」

スサノオは、茫々《ぼうぼう》と伸《の》びている髪《かみ》をかきむしり、泣《な》いた。すると、海《うみ》の波《なみ》もとどろき、泣《な》いた。

「おう、おう！」

スサノオが泣《な》きわめけば、山《やま》の風《かぜ》も荒《あ》れて、泣《な》いた。

泣《な》きさけぶスサノオに、竜巻《たつまき》はたけり、青葉《あおば》の山《やま》は枯《か》れ木《き》の山《やま》となり、川《かわ》の水《みず》、海《うみ》の水《みず》は、ことごとく泣《な》いて乾《かわ》いた。そのすきに乗《じょう》じて、ここぞとばかり、荒《あら》ぶる小《ちい》さな神《かみ》たちは立《た》ちさわぎ、蠅《はえ》のようにわきでて、世《よ》のわざわいが、いちどきに起《お》こった。


「これは、なんとしたことだ！」

イザナキはおどろいて、スサノオをとがめた。

「なんじ、わしの言葉《ことば》にそむいて、治《おさ》めるべき国《くに》も治《おさ》めずに、なにゆえに泣《な》きわめいているのだ！」

スサノオは泣《な》きながら、こたえた。

「母神《ははがみ》が、わたしを呼《よ》んでおられるのです。わたしは、母神《ははがみ》の国《くに》へ行《い》かなくてはなりません。」

イザナキは、まさかと思《おも》いながら、たずねた。

「母神《ははがみ》とは、だれなのだ？　なにもののことを言《い》っているのか？」

「根《ね》の国《くに》におられる母神《ははがみ》です。」

それを聞《き》くと、イザナキは怒《おこ》った。

「なんじ、この光《ひかり》の国《くに》を捨《す》てて、根《ね》の国《くに》へ行《い》こうというのか！　そのようなこと、だんじて、わしはゆるさんぞ！」

スサノオは首《くび》をふった。

「いいえ、わたしは行《い》きます。母《はは》の国《くに》へ参《まい》ります。」

行《い》ってはならぬ。いいえ、行《い》きますと、スサノオとイザナキは、はげしく言《い》いあらそった。しかし、どちらも、いったん言《い》いだしたことをひるがえそうとはしなかった。

「ええいっ！」

ついに、イザナキは怒《いか》りのあまり、叫《さけ》んだ。

「なんじ、この国《くに》には住《す》むな！　ここには置《お》けぬ！　追《お》いはらうゆえ、立《た》ち去《さ》れ！」

そう叫《さけ》んだあと、イザナキは、自分《じぶん》の力《ちから》が尽《つ》きたことを知《し》って、がっくりとなった。

もはや、どうにもならぬ。わしはなすべきことは、すべてなし終《お》えた。そうではなかったのか。それなのに、わが子《こ》、スサノオが、わしの言葉《ことば》を聞《き》かず、この国《くに》を出《で》ていこうとしている。なんということか。

「父《ちち》よ。」

スサノオは、父神《ちちがみ》イザナキに、きっぱりと言《い》った。

「ならば、わたしは去《さ》ります。姉上《あねうえ》のアマテラスオオミカミにいとまを告《つ》げてから、この国《くに》を出《で》ていきます。」

イザナキは苦《にが》い顔《かお》で黙《だま》りこみ、スサノオに対《たい》して、なにも言《い》わなかった。スサノオはその場《ば》を立《た》ち去《さ》った。

「おれは、姉上《あねうえ》に会《あ》うぞ。」

スサノオが長《なが》い髪《かみ》をふり乱《みだ》して、アマテラスのいる高天《たかま》が原《はら》へ昇《のぼ》ろうとすると、ゴウッと、雷《かみなり》がとどろき、ドドッと、山《やま》や川《かわ》がどよめき、鳴《な》りひびき、国土《こくど》はことごとくふるえた。

「根《ね》の国《くに》」はどこにあるのか？

～「古事記《こじき》」が描《えが》く世界《せかい》～

スサノオは「高天が原《たかまはら》」から「葦原の中つ国《あしはらなかくに》」に追放《ついほう》され、さらに「根《ね》の国《くに》」に向《む》かいました。「根《ね》の国《くに》」は、いったいどこにあるのでしょうか。「古事記《こじき》」に登場《とうじょう》する国《くに》の位置《いち》は、垂直的《すいちょくてき》な（縦《たて》の）イメージと、水平的《すいへいてき》な（横《よこ》の）イメージの両方《りょうほう》で成《な》り立《た》っていると考《かんが》えられています。

垂直的《すいちょくてき》な（縦《たて》の）イメージ

中国大陸《ちゅうごくたいりく》や朝鮮半島《ちょうせんはんとう》から渡《わた》ってきた人々《ひとびと》によって伝《つた》えられた北方系神話《ほっぽうけいしんわ》が持《も》つ、世界《せかい》のとらえ方《かた》。

水平的《すいへいてき》な（横《よこ》の）イメージ

東南《とうなん》アジアなどから伝《つた》わった南方系神話《なんぽうけいしんわ》が持《も》つ、世界《せかい》のとらえ方《かた》。

天上《てんじょう》

高天が原《たかまはら》

天《あま》つ神《かみ》が暮《く》らす国《くに》で、人間《にんげん》の暮《く》らす葦原《あしはら》の中《なか》つ国《くに》を見《み》下《お》ろすことができる。アマテラスが治《おさ》めている。

地上《ちじょう》

葦原の中つ国《あしはらなかくに》

国《くに》つ神《かみ》と人間《にんげん》が暮《く》らすところ、この世《よ》。スサノオが高天が原《たかまはら》から、ここに追放《ついほう》された（p61）。やがてオオクニヌシが治《おさ》めることになる（p104）。

地下《ちか》

黄泉の国《よみくに》

死者《ししゃ》の国《くに》。死《し》んだ妻《つま》イザナミを追《お》ってイザナキが入《はい》っていったが、逃《に》げ帰《かえ》ることになった（p31）。イザナミが支配《しはい》している。

常世国《とこよのくに》

海《うみ》のかなたにある世界《せかい》。カミムスヒの子《こ》、スクナビコナが飛《と》んでいってしまったところ（p106）。

根の国《ねくに》

「根《ね》の堅州国《かたすくに》」ともいう。生命《せいめい》の源《みなもと》であるエネルギーが満《み》ちている世界《せかい》。スサノオが「母《はは》の国《くに》」と呼《よ》び、のちにここを治《おさ》めることになる。オオクニヌシがスセリビメと出会《であ》ったのもここである（p86）。

綿津見神の宮《ワタツミノカミみや》

ワタツミノカミ（海《うみ》の神《かみ》）が住《す》んでいる海《うみ》の中《なか》の世界《せかい》。ホオリがトヨタマビメに出会《であ》ったところ（p150）。

五　アマテラス、天岩屋《あめのいわや》に隠《かく》れる

アマテラス
スサノオ
思金神《オモイカネノカミ》
天手力男神《アメノタヂカラオノカミ》
天宇受売命《アメノウズメノミコト》

天照大御神《アマテラスオオミカミ》

そのころ、アマテラスが治《おさ》める高天《たかま》が原《はら》は、平和《へいわ》でおだやかな日々《ひび》がくりひろげられていた。

あたりはうららと気持《きも》ちよく日《ひ》の光《ひかり》がみちて、織女《しょくじょ》は機織《はたお》りにいそしみ、馬《うま》は草原《そうげん》をのびのびと走《はし》りまわり、雲《くも》もみだれることなく浮《う》かんでいた。

ところが、とつぜん、それは起《お》きた。

下界《げかい》のほうから、すさまじい風《かぜ》が吹《ふ》きあがり、山《やま》を鳴《な》りひびかせ、野《の》の草《くさ》をなぎ伏《ふ》せ、はげしく土《つち》けむりを舞《ま》わせた。

「さては！」

アマテラスは、高天《たかま》が原《はら》がにわかに荒《あら》ぶる景色《けしき》となったのを見《み》て、なぜそうなったのか、ただちにさとった。

「暴《あば》れ者《もの》の弟《おとうと》、スサノオがやってきたな。」

うつくしい女神《めがみ》アマテラスは、目《め》をきりりとつりあげ、けわしい顔立《かおだ》ちになって、きびしい声《こえ》で言《い》った。

「ゆるさぬぞ、スサノオ。よからぬ心《こころ》で、けがれた者《もの》たちをひきつれ、押《お》し寄《よ》せてきて、この国《くに》をうばおうとしているな。」

怒《おこ》ったアマテラスは、スサノオをむかえ撃《う》つことを決《き》め、戦《たたか》いのいでたちをした。

長《なが》い髪《かみ》をふりほどき、左右《さゆう》にふりわけ、みずらに結《ゆ》いなおした。そして、左右《さゆう》のみずらにも、*1鬘《かずら》にも、左右《さゆう》の手《て》にも、八尺《やさか》の勾玉《まがたま》をつらぬいた玉飾《たまかざ》りを巻《ま》きつけた。裳裾《もすそ》をしばり、鎧《よろい》の背《せ》には千本入《ぼんい》りの矢入《やい》れを背負《せお》い、鎧《よろい》の胸《むね》には五百本入《ぽんい》りの矢入《やい》れをつけた。

*1 鬘《かずら》……つる草《くさ》や花《はな》などでつくった髪飾《かみかざ》り。

腕《うで》には、威力《いりょく》のある高《たか》い音《おと》をたてる鞆《とも》をつけ、弓《ゆみ》をふりかざして、固《かた》い土《つち》を股《もも》が埋《う》まるまで踏《ふ》みこみ、地面《じめん》を泡雪《あわゆき》のように蹴《け》ちらし、荒々《あらあら》しく足《あし》を踏《ふ》み鳴《な》らし、いさましいおたけびをあげて、スサノオをとがめだてた。

「なんじ、スサノオ！　なにゆえ、ここに昇《のぼ》ってきたか！」

スサノオは、アマテラスに向《む》かって、こたえた。

「わたしには、よこしまな心《こころ》など、ありません。父《ちち》なる大神《おおみかみ》に、なんじ、なぜ泣《な》きわめくかと問《と》われ、母神《ははがみ》のおられる根《ね》の国《くに》へ行《い》きたいと申《もう》しあげました。すると、そのような者《もの》は、この国《くに》には住《す》んではならぬと言《い》われ、追《お》い立《た》てられたので、姉上《あねうえ》にいとまを告《つ》げようと、やってきたのです。姉上《あねうえ》がそのようにお怒《いか》りになるとは、思《おも》いもしませんでした。」

アマテラスは弓《ゆみ》をふりかざしたまま、スサノオに言《い》った。

「そのように弁《べん》じるのなら、なんじが清《きよ》い心《こころ》であることを、どうやって明《あ》かそうというのですか。」

スサノオはためらうことなく、こたえた。

「それでは、姉上《あねうえ》、いっしょに*2誓約《うけい》をいたしましょう。たがいに子《こ》を生《う》むことにして、わたしが清《きよ》い心《こころ》であるのかどうか、その験《しるし》を見《み》て、神意《しんい》をうかがいましょう。」

アマテラスは弓《ゆみ》をおろして、うなずいた。

「よいでしょう。」

アマテラスとスサノオは、それぞれ天《あま》の河《がわ》をあいだにおいて、誓約《うけい》をはじめた。

「スサノオ、そなたの剣《つるぎ》をわたしなさい。」

スサノオはうなずき、腰《こし》につけていた十拳《とつか》の剣《つるぎ》をわたした。

「よし。」

アマテラスは、その剣《つるぎ》を三段《だん》に打《う》ち折《お》った。そして天《あめ》の真名井《まない》と呼《よ》ばれる聖《せい》なる井戸《いど》ですすぎ、白《しろ》い歯《は》でがりがりと嚙《か》みに嚙《か》んで、ぷうっと吹《ふ》き捨《す》てた。すると、息吹《いぶき》の霧《きり》の中《なか》から、多紀理毘売命（タキリビメノミコト）など、海路《かいろ》を守護《しゅご》する三柱《みはしら》の女神《めがみ》が生《う》まれた。

「さあ、なんじの番《ばん》です。」

スサノオはうなずいて、言《い》った。

「姉上《あねうえ》、玉飾《たまかざ》りを、わたしにください。」

＊2 誓約《うけい》……結果《けっか》が五分五分《ごぶごぶ》になるようなことをおこなって、その結果《けっか》によって神《かみ》の意思《いし》や、吉《きち》か凶《きょう》かを占《うらな》うこと。

スサノオは、アマテラスのみずらや鬘《かずら》、左右《さゆう》の手《て》に巻《ま》いていた玉飾《たまかざ》りを受《う》け取《と》ると、それらを聖《せい》なる井戸《いど》ですすいだあと、がりがりと嚙《か》みに嚙《か》んで、吹《ふ》き捨《す》てた。すると、正勝吾勝勝速日天之忍穂耳命（マサカツアカツカチハヤヒアメノオシホミミノミコト）など、五柱《はしら》の男神《おがみ》が生《う》まれた。

誓約《うけい》が終《お》わると、アマテラスが言《い》った。

「あとから生《う》まれた五柱《はしら》の男神《おがみ》は、わたしの玉飾《たまかざ》りから成《な》ったのだから、わたしの子《こ》です。さきに生《う》まれた三柱《みはしら》の女神《めがみ》は、そなたの剣《つるぎ》から生《う》まれたのだから、そなたの子《こ》です。」

スサノオはうなずいて、声高《こえたか》らかに言《い》った。

「そのとおりです。霊験《れいげん》あらたかにも、わたしは清《きよ》らかな女神《めがみ》を生《う》みました。このことで、わたしの心《こころ》がよこしまではなく、清《きよ》いということがたしかめられたでしょう。誓約《うけい》は、わたしの勝《か》ちです。」

アマテラスは黙《だま》ったまま、なにも言《い》わなかった。

「勝《か》った、勝《か》ったぞ！　わしは姉上《あねうえ》に勝《か》ったぞ！」

スサノオは勝《か》ちほこり、アマテラスのつくった田《た》の畔《あぜ》をやぶり、溝《みぞ》を埋《う》め、馬《うま》を放《はな》して、稲《いね》をだいなしにした。

アマテラスはしばらくは、スサノオの行《おこな》いをかばっていた。

「まあ、弟《おとうと》に悪気《わるぎ》はないのじゃ。」

しかし、アマテラスの思《おも》いやりをよいことに、スサノオは、さらに乱暴《らんぼう》にふるまうようになった。農作《のうさく》をみだし、祭祀《さいし》をけがしたばかりか、アマテラスが神《かみ》の衣服《いふく》を織《お》ろうと、機織《はたおり》殿《どの》にいるのを見《み》はからい、屋根《やね》に穴《あな》をあけ、生《い》きながら皮《かわ》をはいだ天《てん》の馬《うま》を、「これで、どうだっ！」と投《な》げ入《い》れた。

「なんと！」

アマテラスはおどろき、飛《と》びのいたが、天《あめ》の服織女《はとりめ》が、梭《ひ》[*3]でからだを突《つ》きぬかれ、死《し》んでしまった。

「もう、がまんできない！」

アマテラスはいきどおり、天岩屋《あめのいわや》に入《はい》り、岩戸《いわと》を閉《し》めてしまった。

＊3 梭《ひ》……機織《はたお》りの道具《どうぐ》。舟形《ふながた》で、縦糸《たていと》のあいだに横糸《よこいと》を通《とお》すときに使《つか》う。

とたん、光《ひかり》の女神《めがみ》が隠《かく》れてしまったので、高天《たかま》が原《はら》は真《ま》っ暗《くら》になってしまった。そればかり、地上《ちじょう》の葦原《あしはら》の中《なか》つ国《くに》も真《ま》っ暗《くら》になった。天《てん》も地《ち》も、昼《ひる》がなくなり、えんえんと夜《よる》がつづいた。そして、このときとばかりに、悪神《あくじん》がはびこり、わざわいがいちどきに起《お》きた。

「これは、いかん。」

*4**八百万**《やおよろず》の神々《かみがみ》は*5**天安河原**《あめのやすのかわら》に集《あつ》まった。

「こまったのう。」

「さて、どうすればよかろう。」

神々《かみがみ》は、この事態《じたい》を解決《かいけつ》するための対策《たいさく》を、知恵《ちえ》にすぐれた神《かみ》、思金神（オモイカネノカミ）にゆだねた。オモイカネは、じっくりと考《かんが》えて、秘策《ひさく》をたてた。

「まずは、常世《とこよ》の長鳴鳥《ながなきどり》を集《あつ》めよ。」

集《あつ》められた鶏《にわとり》に、オモイカネは長鳴《ながな》きをきそわせた。つぎに、鍛冶《かじ》のアマツマラを招《まね》いて、天金山《あまのかねやま》の鉄《てつ》で、矛《ほこ》を打《う》たせた。さらに、イシコリドメに、*6**八咫鏡**《やたのかがみ》をつくらせ、タマノオヤに、八尺《やさか》の勾玉《まがたま》を使《つか》ったうつくしい玉飾《たまかざ》りをつくらせた。

さらに、アメノコヤネとフトタマの神《かみ》が、天香山《あまのかぐやま》の常緑樹《じょうりょくじゅ》を掘《ほ》り起《お》こし、上《うえ》の枝《えだ》には玉飾《たまかざ》りを、中《なか》の枝《えだ》には八咫鏡《やたのかがみ》、下《した》の枝《えだ》には青《あお》や白《しろ》の布《ぬの》を垂《た》らした。これをフトタマがささげもち、アメノコヤネが高《たか》らかに**祝詞**《のりと》[*7]をとなえた。

オモイカネは、天界《てんかい》で一番《いちばん》の力持《ちからも》ち、天手力男（アメノタヂカラオ）の神《かみ》を、岩屋《いわや》のかげに隠《かく》れて立《た》たせた。

「よし、準備《じゅんび》はととのったな。」

オモイカネは、天《てん》の女神《めがみ》のなかでも、きわだって目鼻立《めはなだ》ちの派手《はで》な女神《めがみ》、天宇受売（アメノウズメ）を呼《よ》びだした。

「アメノウズメよ。そなたは、めっぽう踊《おど》りがうまい。」

＊4　八百万《やおよろず》の……とても多《おお》くの

＊5　天安河原《あめのやすのかわら》……神々《かみがみ》が相談《そうだん》するために集《あつ》まったとされる河原《かわら》。

＊6　八咫鏡《やたのかがみ》……「大《おお》きな鏡《かがみ》」の意味《いみ》。歴代《れきだい》の天皇《てんのう》が受《う》け継《つ》いできた宝物《ほうもつ》「三種《さんしゅ》の神器《じんぎ》」のひとつ。アマテラスはのちに、ニニギノミコトにさずけたといわれる。伊勢神宮《いせじんぐう》にアマテラスの御神体《ごしんたい》として祭《まつ》られている。

＊7　祝詞《のりと》……祭《まつ》りの儀式《ぎしき》で、神官《しんかん》がとなえて神《かみ》にささげる言葉《ことば》。

オモイカネにそう言《い》われて、アメノウズメは、ほおを赤《あか》らめた。

「おそれいります。」

「そこで、そなたに、たのみがある。」

オモイカネはアメノウズメを岩屋《いわや》の前《まえ》に立《た》たせて、秘策《ひさく》をさずけた。

「たのんだぞ。」

アメノウズメはうなずいた。

「承知《しょうち》しました。おまかせください。」

アメノウズメのいでたちは、はなやかだった。天香山《あまのかぐやま》の日陰蔓《ひかげかずら》をたすきにかけ、真拆蔓《まさきかずら》を髪《かみ》に巻《ま》き、笹《ささ》の葉《は》を束《たば》ねて手《て》に持《も》って、アメノウズメは踊《おど》りはじめた。

天岩屋《あめのいわや》の前《まえ》に伏《ふ》せた桶《おけ》の上《うえ》で、足音《あしおと》も高《たか》く、拍子《ひょうし》もおかしく踏《ふ》み鳴《な》らし、薄布《うすぬの》をはだけさせ、乳房《ちぶさ》をあらわにして、舞《ま》い踊《おど》ったのである。

すると、八百万《やおよろず》の神々《かみがみ》は、どっと笑《わら》った。

「おうっ！」

「ゆかい、ゆかい！」

アメノウズメの踊《おど》りと、八百万《やおよろず》の神々《かみがみ》の笑《わら》いとで、高天《たかま》が原《はら》が鳴《な》り響《ひび》くほどにどよめいた。

「はて……。」

岩屋《いわや》の中《なか》にいたアマテラスは、いぶかしく思《おも》った。

「わたしが隠《かく》れたので、高天《たかま》が原《はら》も、葦原《あしはら》の中《なか》つ国《くに》も、長《なが》い夜《よる》となっているはずなのに、どうしてアメノウズメは楽《たの》しげに舞《ま》い遊《あそ》んでいるのか。また八百万《やおよろず》の神々《かみがみ》も、これほどにも笑《わら》いさわぐとは、なにごとか。」

聞《き》き耳《みみ》を立《た》てていたアメノウズメは、戸《と》の向《む》こうのアマテラスに聞《き》こえるように大声《おおごえ》で言《い》った。

「わたしたちは、あなたさまに勝《まさ》る尊《とうと》い神《かみ》さまがいらっしゃったので、よろこんで、歌《うた》い踊《おど》っているのです。」

アマテラスは耳《みみ》をうたぐった。

「わたしに勝《まさ》る神《かみ》？　まさか、そのようなことが……。」

アマテラスは、そうっと、岩戸《いわと》を開《あ》けて、外《そと》の様子《ようす》をうかがった。とたん、アメノコヤネとフトタマが八咫鏡《やたのかがみ》を差《さ》し出《だ》した。すると、アマテラスの姿《すがた》が鏡《かがみ》に映《うつ》り、ぱあっと、あたりに光《ひかり》が輝《かがや》きわたった。

「これは、なんとしたことか。」

アマテラスがあやしく思《おも》って、さらにすこし戸《と》の口《くち》から乗《の》り出《だ》したとき、アメノタヂカラオが、アマテラスの手《て》をつかんで、ぐいっと引《ひ》き寄《よ》せた。すかさず、フトタマが占縄《しめなわ》をアマテラスの後《うし》ろに引《ひ》きわたして、言《い》った。

「ここから、内側《うちがわ》へおもどりになってはいけません。」

こうして、アマテラスは天岩屋《あめのいわや》から出《で》て、世《よ》にあらわれた。とたん、高天《たかま》が原《はら》も、葦原《あしはら》の中《なか》つ国《くに》も、アマテラスの放《はな》つ、燦爛《さんらん》とした光《ひかり》に照《て》らされ、まぶしく輝《かがや》きわたった。

「光《ひかり》がもどったぞ！」

「よかった、よかった！」

八百万《やおよろず》の神々《かみがみ》は、世界《せかい》が元《もと》どおりになったことをよろこび、祝《いわ》った。そして、あらためて、スサノオの罪《つみ》を問《と》うた。

「もはや、ゆるすことはできぬ。」

「追放《ついほう》じゃ。」

神々《かみがみ》は、スサノオの髭《ひげ》と手足《てあし》の爪《つめ》を切《き》り、罪《つみ》をつぐなわせた。そして、「二度《にど》ともどってはならぬ。」と命《めい》じて、スサノオを高天《たかま》が原《はら》から追放《ついほう》した。

六 スサノオ、八俣《やまた》の遠呂知《おろち》を斬《き》る

スサノオ
大気都比売神《オオゲツヒメノカミ》
櫛名田比売《クシナダヒメ》

高天《たかま》が原《はら》を追《お》い出《だ》されても、スサノオはちっともめげなかった。

「なに、高天《たかま》が原《はら》だけが、世界《せかい》ではないぞ。しかし、腹《はら》が減《へ》ったな。」

けれど、アマテラスとのいさかいが知《し》れわたっていたので、どこの神々《かみがみ》に会《あ》っても、食《た》べ物《もの》を出《だ》してくれず、宿《やど》も貸《か》してくれなかった。

「おもしろくない。」

スサノオが気分《きぶん》をそこねて、歩《ある》きつづけていると、食物《しょくもつ》をつかさどる大気都比売神（オオ

櫛名田比売《クシナダヒメ》

ゲツヒメノカミ）に出会《であ》った。

「おい、なにか食《く》い物《もの》を差《さ》し出《だ》せ。」

スサノオは言《い》った。

「かしこまりました。おいしいものを差《さ》し上《あ》げましょう。」

オオゲツヒメは、鼻《はな》から、口《くち》から、お尻《しり》から、いろいろな食《た》べ物《もの》を取《と》り出《だ》して、スサノオの前《まえ》にそなえた。

「どうぞ、お召《め》しあがりくださいませ。」

スサノオはその様子《ようす》を見《み》て、かっとなった。

「わしに、不浄《ふじょう》の物《もの》を食《く》わそうとするのか！」

スサノオは剣《つるぎ》をふりあげ、オオゲツヒメを斬《き》った。

「ひえっ！」

悲鳴《ひめい》をあげてオオゲツヒメは殺《ころ》されたが、その身《み》から、さまざまな物《もの》が生《しょう》じた。頭《あたま》からは、蚕《かいこ》が、ふたつの目《め》からは、稲《いね》の種子《しゅし》が成《な》り、ふたつの耳《みみ》からは、粟《あわ》が成《な》った。鼻《はな》には、小豆《あずき》が成《な》り、股《また》からは、麦《むぎ》が成《な》り、お尻《しり》からは、大豆《だいず》が成《な》った。

高天《たかま》が原《はら》からそれを見《み》ていたカミムスヒが、これらの穀物《こくもつ》の種《たね》をスサノオに取《と》らせて、地《ち》にまかせた。

「とんだ道草《みちくさ》を食《く》ったな。」

スサノオはやがて、出雲《いずも》の国《くに》の、肥河《ひのかわ》のほとり、鳥髪《とりかみ》というところにたどりついた。

さらさらと水《みず》が流《なが》れる清《きよ》らかな音《おと》を聞《き》いて、スサノオはひとつ伸《の》びをして、思《おも》った。

「おう、なかなかによいところだ。わが身《み》は、いまここで生《う》まれ変《か》わったぞ。」

そのとき、箸《はし》が流《なが》れてきた。

「川上《かわかみ》に、だれかいるのか。」

スサノオは川《かわ》をさかのぼっていった。すると、そこに翁《おきな》と媼《おみな》が、髪《かみ》の長《なが》い、清《きよ》らかな姿《すがた》の乙女《おとめ》を中《なか》において、泣《な》いていた。

「そなたたちは、なにものなのだ?」

スサノオはたずねた。すると、翁《おきな》がこたえた。

「それがしは、国《くに》の神《かみ》です。名《な》は足名椎（アシナヅチ）といい、妻《つま》の名《な》は手名椎（テナヅチ）といいます。娘《むすめ》は、櫛名田比売（クシナダヒメ）と申《もう》します。」
スサノオは乙女《おとめ》を見《み》やって、思《おも》った。

「クシナダヒメか。わが妻《つま》にふさわしい、うつくしさだ。」

スサノオは翁《おきな》にたずねた。

「なぜ、そなたらは泣《な》いているのか？」

翁《おきな》が涙《なみだ》をふきながら、言《い》った。

「われらの娘《むすめ》は、もともと八人《にん》おりました。ところが、高志《こし》の八俣《やまた》の遠呂知《おろち》が一年《ねん》にひとりずつ、娘《むすめ》を食《く》ってしまい、いまはもう、このクシナダヒメひとりになってしまいました。残《のこ》ったこの子《こ》も、遠呂知《おろち》に食《く》われてしまうのかと、なげいていたのです。」

スサノオはたずねた。

「そやつ、いかなる姿《すがた》かたちをしておるのだ？」

翁《おきな》は、ぶるっと身《み》ぶるいして、言《い》った。

「その遠呂知《おろち》の目《め》は、赤《あか》ホオズキのように爛々《らんらん》と輝《かがや》いていて、身《み》ひとつに、頭《あたま》が八つありまます。またその腹《はら》には、苔《こけ》や檜《ひのき》、杉《すぎ》などが生《は》えていて、その長《なが》さは、谷《たに》八つ、山《やま》八つにわたっていて、その腹《はら》は、いつも血《ち》がしたたっております。」

スサノオはおどろく様子《ようす》もなく、翁《おきな》に言《い》った。

「そのようなことならば、どうじゃ。わしに、そなたの娘《むすめ》をくれぬか。」

翁《おきな》はまじまじとスサノオを見《み》つめて言《い》った。

「おそれおおいとは思《おも》いますが、あなたさまは、いかなるお方《かた》なのでございましょうか？お名前《なまえ》をぞんじませぬ。」

「わしは、アマテラスの弟《おとうと》で、スサノオじゃ。天《てん》より、この地《ち》に降《お》り立《た》ったところなのだ。」

それを聞《き》いて、翁《おきな》と媼《おみな》はおどろいた。

「なんと、スサノオさまでございましたか。むろん、われらの娘《むすめ》を、スサノオさまに、たてまつることに、異存《いぞん》はありません。」

「さようか。」

スサノオはうなずき、さっそくクシナダヒメを、うつくしい櫛《くし》に変《か》えた。そして、自分《じぶん》のみずら髪《がみ》に差《さ》した。それから、アシナヅチとテナヅチに命《めい》じた。

「なんじら、酒《さけ》を醸《かも》せ。」

「酒《さけ》を、でございますか？」

「うむ。しぼりにしぼり、濃《こ》いうえにさらに濃《こ》い、八度発酵《どはっこう》させた強《つよ》い酒《さけ》を醸《かも》せ。さらに、垣《かき》を八つつくって、めぐらせ、八つの門《もん》をつくれ。門《もん》ごとに、棚《たな》をつくり、そこにひとつずつ八つの舟形《ふながた》の酒《さけ》の器《うつわ》を置《お》いて、酒《さけ》を満《み》たせ。」

「おおせのとおりにいたします。」

アシナヅチとテナヅチは、スサノオの言《い》うとおりに、八塩折《やしおおり》の酒《さけ》を、舟形《ふながた》の器《うつわ》に入《い》れて、遠呂知《おろち》が来《く》るのを待《ま》った。

やがて、血《ち》なまぐさい風《かぜ》が吹《ふ》きわたって、巨大《きょだい》な遠呂知《おろち》があらわれた。

遠呂知《おろち》は、酒《さけ》の器《うつわ》ごとに、八つの頭《あたま》をつっこみ、ぐびりぐびりと酒《さけ》を呑《の》みほし、酔《よ》っぱらって、その場《ば》に突《つ》っ伏《ぷ》して、眠《ねむ》りに落《お》ちた。

「おろかな遠呂知《おろち》め、これを食《く》らえっ！」

スサノオは、腰《こし》につけていた十拳《とつか》の剣《つるぎ》をぬいて、遠呂知《おろち》をずたずたに斬《き》った。おびただしい血《ち》が川《かわ》のように流《なが》れた。剣《つるぎ》が遠呂知《おろち》の尾《お》にかかったとき、カツンと硬《かた》いものにあたり、刃《は》

がすこし欠《か》けた。

「なにごとか？」

切《き》っ先《さき》で尾《お》を裂《さ》いてみると、燦爛《さんらん》と輝《かがや》きわたる剣《つるぎ》があらわれた。手《て》に取《と》って、空《そら》にかざしあげると、それは世《よ》にもするどい、あやしいまでに磨《みが》きぬかれて、神々《こうごう》しい光《ひかり》を放《はな》つ剣《つるぎ》だった。

「これぞ、[*1]**神《かみ》の剣《つるぎ》**だ。」

スサノオはよろこんだ。

「これは、世《よ》にもまれな剣《つるぎ》であろう。わしが持《も》つべき剣《つるぎ》ではない。姉上《あねうえ》に献上《けんじょう》しよう。」

スサノオは、草《くさ》なぎの剣《つるぎ》を持《も》って、高天《たかま》が原《はら》に昇《のぼ》った。

「スサノオ、いかなる用《よう》で参《まい》ったのか。」

アマテラスはきびしい声《こえ》で問《と》うた。スサノオは剣《つるぎ》を、うやうやしくアマテラスに差《さ》し出《だ》した。

「姉上《あねうえ》、この剣《つるぎ》をお受《う》け取《と》りください。」

アマテラスはそれを受《う》け取《と》って、スサノオにたずねた。

「これは、みごとな剣《つるぎ》じゃな。そなた、いずこで、これを手《て》に入《い》れたのか？」

「八俣《やまた》の遠呂知《おろち》が呑《の》んでおりました。」

スサノオが言《い》うと、アマテラスは剣《つるぎ》を見《み》つめて、うなずいた。

「さようか、あの蛇《へび》が抱《かか》えていたか。」

「それでは、姉上《あねうえ》。」

スサノオはアマテラスに深《ふか》く頭《あたま》を下《さ》げて、立《た》ち去《さ》った。

天《てん》から降《お》りて、大地《だいち》に立《た》つと、スサノオは髪《かみ》に差《さ》した櫛《くし》を取《と》り、クシナダヒメをもとの姿《すがた》にもどした。

「すまぬな、ヒメ。窮屈《きゅうくつ》であったろう。これより、われらがともに住《す》む地《ち》をさがそう。」

「ええ。」

＊1　神《かみ》の剣《つるぎ》……歴代《れきだい》の天皇《てんのう》が受《う》け継《つ》いできた宝物《ほうもつ》「三種《さんしゅ》の神器《じんぎ》」のひとつ、「草《くさ》なぎの剣《つるぎ》」のこと。ヤマトタケルがのちに東征《とうせい》（戦《たたか》いながら東《ひがし》に進《すす》むこと）したときに、これで草《くさ》を薙《な》ぎ払《はら》ったことに名《な》の由来《ゆらい》があるといわれる。

クシナダヒメは、うれしそうにうなずいた。

スサノオとクシナダヒメは、宮《みや》をつくるべき地《ち》をさがしもとめ、須賀《すが》というところに、たどりついた。

スサノオは満足《まんぞく》げに言《い》った。

「この地《ち》は、なんとすがすがしいことか。のう、ヒメ。」

クシナダヒメはこたえた。

「とても気持《きも》ちのいいところですね。」

スサノオは、そこを座所《ざしょ》とするべく、りっぱな宮《みや》をつくった。すると、須賀《すが》の宮《みや》を祝《いわ》うように、清《きよ》らかな雲《くも》が空《そら》に立《た》ちのぼった。

「雲《くも》が立《た》つとは、まことによきことかな。出雲《いずも》の雲《くも》こそ、八重《やえ》の玉垣《たまがき》じゃ。」

このときスサノオは、空《そら》に向《む》かって、歌《うた》を一首《しゅ》よんだ。


——八雲立《やくもた》つ　出雲八重垣《いずもやえがき》　つま隠《ご》みに　八重垣《やえがき》つくる　その八重垣《やえがき》を

(出雲《いずも》の地《ち》に、幾重《いくえ》にも雲《くも》が立《た》っている。その雲《くも》のように、八重《じゅう》の垣《かき》をめぐらせ、いとしい妻《つま》をこもらせよう。)

そこで、スサノオはアシナヅチを呼《よ》んで、告《つ》げた。

「なんじ、わが宮《みや》の長《おさ》となれ。須賀之八耳(スガノヤツミミ)の神《かみ》と名《な》のるがいい。」

須賀《すが》の宮《みや》で、スサノオはクシナダヒメと結婚《けっこん》し、男神《おがみ》が生《う》まれた。子《こ》はつぎの子《こ》を生《う》み、さらにつぎの子《こ》が生《う》まれ、つぎつぎに生《う》まれたのちの何代目《なんだいめ》かに、大国主神(オオクニヌシノカミ)が生《う》まれた。また、スサノオは別《べつ》の国《くに》の神《かみ》のむすめともちぎりをかわし、穀物《こくもつ》の神《かみ》を生《う》んだ。

こうして、多《おお》くの神々《かみがみ》により、出雲《いずも》の歴史《れきし》がつくられていくなか、スサノオは、いよいよ母神《ははがみ》のいる根《ね》の国《くに》へ行《い》くことを決意《けつい》した。

「母上《ははうえ》。これから、スサノオが母《はは》のもとへ参《まい》ります。」

七　オオクニヌシ、白《しろ》うさぎを救《すく》う

大国主《オオクニヌシ》
八十神《ヤソガミ》
カミムスヒ
大屋毘古《オオヤビコ》の神《かみ》

オオクニヌシには、たくさんの兄弟《きょうだい》がいて、その数《かず》は八十におよんだ。かれらは、八十神（ヤソガミ）と呼《よ》ばれた。

ヤソガミは、そのうつくしさで名高《なだか》い、稲羽《いなば》の八上比売（ヤガミヒメ）を妻《つま》にしようともくろんでいた。そこで、オオクニヌシに、ヒメに贈《おく》る大《おお》きな袋《ふくろ》を負《お》わせ、従者《じゅうしゃ》として、一行《いっこう》の最後《さいご》を歩《ある》かせて、稲羽《いなば》にひきつれていった。

ヤソガミ一行《いっこう》が気多《けた》の前《さき》に通《とお》りかかったとき、赤《あか》はだかのうさぎが地《ち》に伏《ふ》せっていた。皮《かわ》

をはがれて、痛《いた》がっている様子《ようす》だった。

うさぎに向《む》かって、ヤソガミは言《い》った。

「いいことを教《おし》えてやるぞ。この海水《かいすい》をあびて、風《かぜ》に吹《ふ》かれるのにまかせよ。山《やま》の上《うえ》に行《い》き、吹《ふ》きさらしになって、寝《ね》ていればよい。」

「わかりました。」

うさぎはよろこび、言《い》われたとおりに、海水《かいすい》を浴《あ》びて、山《やま》の上《うえ》で横《よこ》たわった。ところが、海水《かいすい》が乾《かわ》くにつれ、赤《あか》い肌《はだ》が風《かぜ》に吹《ふ》かれて裂《さ》け、痛《いた》みはさらにはげしくなった。

「痛《いた》い、痛《いた》い！」

うさぎは苦《くる》しみ、泣《な》き伏《ふ》した。

そこへ、一行《いっこう》の最後《さいご》にやってきたオオクニヌシが、袋《ふくろ》をかついだ姿《すがた》で通《とお》りかかって、うさぎにたずねた。

「おまえは、どうして泣《な》いているのだ？」

うさぎは泣《な》きながら、こたえた。

「わたくし、隠岐《おき》の島《しま》から、こちらの国《くに》へわたりたく思《おも》いましたが、そのすべが見《み》つからなかったので、こう言《い》って、海《うみ》のサメをだましたのです。『おいらたちとおまえたちの一族《いちぞく》は、どちらの数《かず》が多《おお》いか、くらべてみないか。おまえは一族全員《いちぞくぜんいん》をひきつれて、この島《しま》から気多《けた》の前《さき》まで列《れつ》をつくってみよ。おいらがその上《うえ》を踏《ふ》んでわたり、数《かず》をかぞえれば、どちらが多《おお》いか、わかるぞ。』その言葉《ことば》にだまされて、サメは列《れつ》をつくりましたので、わたくしはその上《うえ》を踏《ふ》みわたって、こちらの地《ち》におりようとしたまぎわに、『ばかなサメめ、おいらにだまされたな。』と、つい、口《くち》をすべらしたのです。とたん、端《はし》にいたサメがわたくしをつかまえ、身《み》の皮《かわ》をのこらずはがしてしまいました。痛《いた》くてたまらずに泣《な》いていると、ヤソガミさまが、『海水《かいすい》を浴《あ》びて、風《かぜ》にあたって寝《ね》ていよ。』と申《もう》されましたので、そのとおりにしますと、痛《いた》みがいっそう増《ま》して、傷《きず》だらけになってしまったのです。」

オオクニヌシは、うさぎに言《い》った。

「かわいそうに、それは痛《いた》いであろう。ならば、川《かわ》へ行《い》き、真水《まみず》で身《み》を洗《あら》い、蒲《がま》の穂《ほ》をとって、敷《し》きつめ、その上《うえ》に横《よこ》たわって、ころがるがいい。そうすれば、もとの肌《はだ》のようになり、傷《きず》は癒《い》えよう。」

うさぎが、そのとおりにすると、元《もと》の姿《すがた》にもどった。これが、稲羽《いなば》の白《しろ》うさぎである。こ

のあと、うさぎ神《がみ》となったうさぎは感謝《かんしゃ》して、オオクニヌシに言《い》った。

「あのヤソガミは、きっとヤガミヒメを手《て》に入《い》れることはできないでしょう。袋《ふくろ》を背負《せお》っておられるあなたさまが、手《て》に入《い》れられることでしょう。」

うさぎが言《い》ったように、ヤソガミはヤガミヒメのもとへ行《い》ったが、願《ねが》いはかなわなかった。

「わたくしは、あなたがたのおおせには従《したが》いませぬ。オオクニヌシのおおせなら、従《したが》いまする。」

ヤガミヒメにそう言《い》われて、ヤソガミはかんかんに怒《おこ》った。

「あやつめ、袋《ふくろ》かつぎの身《み》で、ヒメの心《こころ》をつかむとは、ゆるせぬ。」

「じゃま者《もの》め、殺《ころ》してやる。」

伯耆《ほうき》の国《くに》の手間山《てまやま》のふもとに着《つ》いたところで、よからぬたくらみを抱《いだ》いたヤソガミは、オオクニヌシに言《い》った。

「この山《やま》には、赤猪《あかいのしし》がいる。われらは、山《やま》の上《うえ》から、そやつを追《お》いかけて下《お》りるから、なんじは、下《した》で待《ま》ち受《う》けて、赤猪《あかいのしし》をつかまえよ。よいな、もしも、しくじれば、なんじを殺《ころ》すからな。」

「心得《こころえ》ました。」

それが悪《わる》だくみとは知《し》らず、オオクニヌシは山《やま》の下《した》で待《ま》ちかまえた。

「ようし、オオクニヌシめ、かくごしろ。」

ヤソガミは、赤猪《あかいのしし》に似《に》た大《おお》きな石《いし》を火《ひ》で焼《や》き、山《やま》の上《うえ》から転《ころ》がして落《お》とした。

「あっ、これが猪《いのしし》か。」

オオクニヌシは、てっきり赤猪《あかいのしし》だと思《おも》って、つかみ取《と》ろうとした。だが、燃《も》える石《いし》に焼《や》かれて、あえなく死《し》んでしまった。

「なんということでしょう。」

石《いし》に焼《や》かれて死《し》んでいるオオクニヌシを見《み》て、母神《ははがみ》はなげき悲《かな》しんだ。母神《ははがみ》は天《てん》に昇《のぼ》り、生成《せいせい》をつかさどるカミムスヒにたすけをもとめた。

「お願《ねが》いです。わが子《こ》をおすくいください。」

カミムスヒはこたえた。

「わかった。それなら、ふたりのヒメをつかわそう。」

カミムスヒは、愛《あい》らしい赤貝《あかがい》の姿《すがた》の蚶貝比売（キサカイヒメ）とはまぐりの姿《すがた》の蛤貝比売（ウムカイヒメ）を、母神《ははがみ》のもとへつかわした。

キサカイヒメは石《いし》に張《は》りついたオオクニヌシのからだをこそげとって集《あつ》めた。ウムカイヒメはそれを受《う》けとり、母神《ははがみ》の乳《ちち》を塗《ぬ》りつけた。

すると、オオクニヌシはたちどころによみがえり、もとの立派《りっぱ》なからだになった。

「おおっ。かわいいヒメたちのおかげじゃ。」

母神《ははがみ》はよろこんだ。

「あやつめ。」

ヤソガミはくやしがり、相談《そうだん》した。

「火《ひ》に焼《や》いても、死《し》なぬとは、しぶといやつめ。」

「このままではおかぬぞ。」

「つぎの手《て》で殺《ころ》そう。」

ヤソガミは、今度《こんど》こそはと、オオクニヌシをあざむいて、山深《やまふか》くに連《つ》れていった。そして、大《おお》きな木《き》を切《き》り倒《たお》し、割《わ》れ目《め》にくさび*1を打《う》ちこみ、その割《わ》れ目《め》の中《なか》に、言葉《ことば》たくみに、オオクニヌシを誘《さそ》った。

「オオクニヌシよ、そこに世《よ》にもまれな宝《たから》があるぞ。」

「どんな宝《たから》ですか?」

オオクニヌシがたずねると、ヤソガミは言《い》った。

「入《はい》ってみよ。すぐ見《み》つかる。」

オオクニヌシは割《わ》れ目《め》の中《なか》に入《はい》った。

「おろか者《もの》め。」

ヤソガミは笑《わら》いながら、くさびを抜《ぬ》きとって、割《わ》れ目《め》を閉《し》めた。

「あっ!」

オオクニヌシは割《わ》れ目《め》にはさまれて、息《いき》ができなくなり、死《し》んでしまった。

*1 くさび……堅《かた》い材木《ざいもく》または金属《きんぞく》で、一方《いっぽう》を厚《あつ》く一方《いっぽう》を薄《うす》く、V字形《ブイじけい》に仕上《しあ》げたもの。物《もの》を割《わ》ったり押《お》し上《あ》げたり、またはふたつのものをあわせて貫《つらぬ》き、くっつけたりするのに使《つか》う。

「いない。いないわ。あの子《こ》は、いったい、どこに行《い》ったのかしら。」

オオクニヌシの姿《すがた》が見《み》つからないので、母神《ははがみ》は泣《な》きながら山奥深《やまおくふか》くに入《はい》って、オオクニヌシをさがした。

「こんなところに、いたのね。」

母神《ははがみ》は、死《し》んでいるオオクニヌシを見《み》つけて、すぐにその木《き》を裂《さ》いて、すくいだした。そして、ふたたび生《い》きかえらせた。

「ありがとうございます。」

オオクニヌシが母神《ははがみ》に感謝《かんしゃ》すると、母神《ははがみ》は言《い》った。

「そなたがこの地《ち》にいると、いずれ、兄弟《きょうだい》の神々《かみがみ》から殺《ころ》されてしまうでしょう。こまったことじゃ。」

「そう、なりますかな。」

オオクニヌシは顔色《かおいろ》も変《か》えずに、つぶやいた。

「そうじゃ。そなたは、しばらく**木の国**《*2き　くに》にのがれよ。そこは、出雲《いずも》と縁《えにし》の深《ふか》い地《ち》で、大屋毘古（オオヤビコ）の神《かみ》なら、そなたをたすけてくれるでしょう。」

「では、そういたします。」

オオクニヌシは木《き》の国《くに》へ足《あし》を向《む》けた。

「逃《に》がすものか。」

ヤソガミは、しつこく追《お》いかけた。木々《きぎ》が繁《しげ》っているところで、オオクニヌシに追《お》いつき、ヤソガミは、たくさんの矢《や》を放《はな》った。

しかし、オオクニヌシはすばやく矢《や》をよけ、木《き》と木《き》のあいだをすり抜《ぬ》けて、ぶじに逃《に》げおおせた。


やがて、オオクニヌシは木《き》の国《くに》へたどり着《つ》いた。

「そなたが、オオクニヌシか。」

オオヤビコは、オオクニヌシをこころよくむかえてくれた。

「はい。わたしがオオクニヌシです。」

＊2 木《き》の国《くに》……紀伊《きい》の国《くに》のこと。現在《げんざい》の和歌山県《わかやまけん》。（オオヤビコはスサノオの子《こ》イタケルと同《おな》じ神《かみ》とみなされている。）

オオヤビコは言《い》った。

「そなたの母神《ははがみ》から、よろしくたのむと言《い》われておる。わざわざここまで来《き》てくれたのはうれしいが、わしも老《お》いた。そなたに教《おし》えるべきことといえば、この山《やま》の上《うえ》で、のんびりと海《うみ》を見《み》ながら、木《き》を植《う》えたり、木《き》で物《もの》をつくったりする話《はなし》しかない。」

オオクニヌシはうなずいた。

「それこそ、わたしの望《のぞ》むところです。」

オオヤビコはゆっくりと首《くび》をふった。

「いや、いや、そなたはまだ若《わか》い。これから、国《くに》をひらくこともあろう。ここにとどまらず、教《おし》えを聞《き》くべき神《かみ》のもとへ向《む》かうがよい。」

オオクニヌシはたずねた。

「それならば、いかなる神《かみ》に、教《おし》えを乞《こ》うべきでございましょうか？」

「スサノオノオオカミのほかに、いかなる神《かみ》がいようか。オオカミは、いまは根《ね》の国《くに》におわすが、そなた、詣《もう》でたことがあるかな？」

オオクニヌシは首《くび》をふった。

「いえ、一度《いちど》もありませぬ。」

オオヤビコは言《い》った。

「ならば、そなた、根《ね》の国《くに》へ行《い》って、スサノオノオオカミにお会《あ》いするがよいぞ。」

「わかりました。」

オオクニヌシは、真剣《しんけん》な顔《かお》で、うなずいた。

「では、根《ね》の国《くに》へ、これより参《まい》りたいと思《おも》います。」

八　根《ね》の国《くに》で、ためされる

オオクニヌシ
須勢理毘売《スセリビメ》
スサノオ

オオクニヌシは、はるばると旅《たび》をして、根《ね》の国《くに》へたどりついた。

「ここが根《ね》の国《くに》か。」

オオクニヌシが歩《ある》いていくと、広大《こうだい》な宮殿《きゅうでん》がそびえ立《た》っていた。

「きっと、あそこに、スサノオノオオカミがおられるのにちがいない。」

その宮殿《きゅうでん》に入《はい》ったとき、オオクニヌシは稲妻《いなずま》にうたれたように、息《いき》をのんで、足《あし》を止《と》めた。眉目《みめ》うるわしい乙女《おとめ》がいたのだ。

「なんという、うつくしい娘《むすめ》だろう。」

それは、スサノオの娘《むすめ》、須勢理毘売（スセリビメ）だった。スセリビメのほうも、気品《きひん》のある、りっぱな姿《すがた》のオオクニヌシを見《み》て、ぱっと目《め》を輝《かがや》かせた。おたがいに、ひと目《め》で気《き》に入《い》ったのだ。

スセリビメは、切《き》れ長《なが》の目《め》をきらきらと輝《かがや》かせて、まっすぐに、オオクニヌシのもとへ近《ちか》づいていき、にっこりとほほえんだ。

オオクニヌシはためらわず、ぐいっと、スセリビメを抱《だ》き寄《よ》せた。

こうして、まだ名前《なまえ》も知《し》らない相手《あいて》と抱《だ》きあったあと、スセリビメはオオクニヌシに言《い》った。

「素敵《すてき》なお方《かた》、これから、父上《ちちうえ》に、あなたのご来訪《らいほう》を伝《つた》えてきます。」

スセリビメは宮《みや》の奥《おく》に入《はい》って、父《ちち》のスサノオに告《つ》げた。

「父上《ちちうえ》、まことにうるわしい神《かみ》がおいでになりました。」

「なに？　どんなやつじゃ。」

スサノオは奥《おく》から出《で》てきて、オオクニヌシを見《み》つけた。そして、そばにいるスセリビメに言《い》った。

「あやつはな、葦原醜男（アシハラシコオ）というやつじゃ。わしがじかに会《あ》うから、しばらく待《ま》たせておけ。」

しかし、スサノオはすぐに会《あ》おうとはしなかった。それから、長《なが》いこと、オオクニヌシを待《ま》たせたあと、ようやくスサノオは、スセリビメに言《い》った。

「やつを、ここに通《とお》せ。」

オオクニヌシは、スサノオの前《まえ》に行《い》き、かしこまった。スサノオは、オオクニヌシをじいっと見《み》つめたあと、いきなり、こう言《い》った。

「なんじ、蛇《へび》の洞穴《ほらあな》に寝《ね》よ。」

オオクニヌシは顔色《かおいろ》も変《か》えずに、うなずいた。

「はっ、わかりました。」

まったくひるんだ様子《ようす》もないオオクニヌシを見《み》て、スセリビメは、心配《しんぱい》して言《い》った。

「まさか、あなたはほんとうに、蛇《へび》の洞穴《ほらあな》で眠《ねむ》るおつもりですか？」

オオクニヌシは平気《へいき》な顔《かお》で言《い》った。

「いかにも。」

「蛇《へび》は、あなたを噛《か》みますよ。それでもいいのですか？」

オオクニヌシはこたえた。

「大神《おおみかみ》がおおせになったのだ。神《かみ》の意《い》にさからうことなどできぬ。そなたが案《あん》ずることはない。どれ、ゆっくりとからだを伸《の》ばして、洞穴《ほらあな》で寝《ね》てこよう。」

「お待《ま》ちください。」

スセリビメは、蛇《へみ》の領巾《ひれ》を手《て》わたして、オオクニヌシに言《い》った。

「それでは、これをお持《も》ちください。」

オオクニヌシは首《くび》をひねった。

「なにかな、これは？」

スセリビメは言《い》った。

「これは、蛇《へび》の害《がい》をはらう領巾《ひれ》です。三度《ど》ふれば、ききめがあらたかでございます。」

オオクニヌシは領巾《ひれ》を鼻《はな》に近《ちか》づけて、微笑《びしょう》した。

「そなたのうつり香《が》がついておる。」

オオクニヌシは蛇《へび》の洞穴《ほらあな》に入《はい》った。教《おし》えられたとおり、領巾《ひれ》を三度《ど》ふった。すると、蛇《へび》はおそってこなかった。オオクニヌシはなんの害《がい》も受《う》けず、ぐっすりと眠《ねむ》れた。

あくる日《ひ》、オオクニヌシはけろっとした顔《かお》で洞穴《ほらあな》から出《で》てきた。その姿《すがた》を見《み》て、スサノオは苦々《にがにが》しい顔《かお》になった。

「しぶといやつめ。」

スサノオは、オオクニヌシを手招《てまね》きして、言《い》った。

「なんじ、ムカデと蜂《はち》の洞穴《ほらあな》に寝《ね》よ。」

オオクニヌシは、素直《すなお》にうなずいた。

「はっ、おおせのとおりにいたします。」

そうこたえて、オオクニヌシは、ムカデと蜂《はち》の洞穴《ほらあな》に向《む》かおうとした。スセリビメがオオクニヌシの袖《そで》をつかんで言《い》った。

「お待《ま》ちください。」

スセリビメは、オオクニヌシに、別《べつ》の領巾《ひれ》をあたえた。

「これを、お持《も》ちなされませ。」

オオクニヌシは領巾《ひれ》をつかんで言《い》った。

「またも、領巾《ひれ》か。」

「これは、ムカデと蜂《はち》をしりぞける領巾《ひれ》です。三度《ど》ふれば、ききめあらたかでございます。」

オオクニヌシはムカデと蜂《はち》の洞穴《ほらあな》に入《はい》ると、スセリビメに言《い》われたとおり、三度《ど》、領巾《ひれ》をふった。すると、近《ちか》づいていたムカデと蜂《はち》は、たちまちしりぞいていった。

オオクニヌシは、気持《きも》ちよく、ぐっすりと眠《ねむ》った。

「おおせのとおりにいたしました。」

洞穴《ほらあな》からもどって、オオクニヌシは、なにごともなかったように、スサノオに告《つ》げた。

「にくいやつめ。」

スサノオはあきれた。

次《つぎ》の日《ひ》、スサノオは、オオクニヌシに言《い》った。

「今日《きょう》は、野《の》に出《で》て、狩《か》りをするぞ。なんじ、ついてまいれ。」

「はっ。かしこまりました。」

オオクニヌシは、スサノオのあとをついて、野《の》に出《で》ていった。

スサノオはしばらく歩《ある》いたあと、弓《ゆみ》をかまえて、矢《や》を放《はな》った。鏑矢《かぶらや》といわれる、その鏃《やじり》には、矢《や》が空《くう》を切《き》って飛《と》べば、ひゅうっと音《おと》が鳴《な》る仕掛《しか》けがほどこされていた。鏑《かぶら》の音《おと》が高《たか》く鳴《な》り響《ひび》いて、スサノオが放《はな》った矢《や》は、野《の》に落《お》ちた。スサノオはオオクニヌシに命《めい》じた。

「なんじ、飛《と》んだ矢《や》を取《と》ってまいれ。」

「はっ。」

オオクニヌシはうなずき、矢《や》を求《もと》めて、野《の》に分《わ》け入《い》っていった。すると、スサノオはここぞとばかりに、火《ひ》を放《はな》った。火《ひ》はたちまち野《の》を焼《や》いて、ひろがっていった。

「まさか、火《ひ》で、わたしを滅《ほろ》ぼそうというのか。」

オオクニヌシは逃《のが》れようとしたが、火《ひ》のまわりが早《はや》くて、逃《に》げ道《みち》はみつからなかった。

「たのみのスセリビメもいないし、わたしだけでは、もう逃《に》げられない。もはや、進退《しんたい》きわまったか。」

オオクニヌシはため息《いき》をついた。

「火《ひ》に焼《や》かれて死《し》ぬのが、神意《しんい》ならば、しかたあるまい。」

オオクニヌシがあきらめかけたとき、ネズミがちょろちょろと走《はし》ってきた。

「内《うち》は、ほらほら。外《そと》は、すぶすぶ。」

ネズミは謎《なぞ》のような言葉《ことば》を、オオクニヌシに告《つ》げた。

「ん？　なにを言《い》っているのか？　もしかして、ほらほらとは、うつろという意味《いみ》で、すぶすぶとは、すぼんでいるという意味《いみ》か？」

オオクニヌシは首《くび》をかしげ、ネズミが走《はし》ってきた足《あし》もとを見《み》まわした。すると、そこに、小《ちい》さな穴《あな》が見《み》えた。

「穴《あな》があるぞ。」

オオクニヌシは、その穴《あな》を踏《ふ》んだ。とたん、オオクニヌシのからだが、すっぽりと穴《あな》の中《なか》に入《はい》った。

「お、これはいい。たすかるかもしれぬ。」

しばらく隠《かく》れているうちに、火《ひ》は通《とお》り過《す》ぎていった。

「たすかったぞ。」

オオクニヌシが穴《あな》から出《で》て、ほうっと息《いき》をついていると、ネズミが、スサノオの放《はな》った鳴《な》り鏑《かぶら》をくわえて、やってきた。

「すまぬな、わざわざ矢《や》まで持《も》ってきてくれたとは。」

オオクニヌシは、ネズミに感謝《かんしゃ》したあと、目《め》をみはった。

「お。」

矢《や》の羽《はね》は、ネズミの子《こ》どもたちがかじってしまい、なくなっていたのだ。

「まあ、羽《はね》はなくともいい。なにはともあれ、ネズミどの、わたしをたすけてくれて、ありがとう。」

オオクニヌシは矢《や》を受《う》け取《と》り、ネズミに深《ふか》く頭《あたま》をさげた。


スセリビメは、オオクニヌシが火《ひ》に焼《や》かれてしまったと思《おも》い、嘆《なげ》き悲《かな》しんだ。

「ああ、いとしいお方《かた》が、亡《な》くなられてしまわれた。」

葬儀《そうぎ》のしたくをして、スセリビメが泣《な》いているのを横目《よこめ》に、スサノオは笑《え》みを浮《う》かべ、野《の》の上《うえ》に立《た》って、見《み》わたした。

「どれ、こせがれめ、焼《や》け死《し》んだな。」

ところが、死《し》んだはずのオオクニヌシがひょいと姿《すがた》をあらわして、スサノオの前《まえ》に鏑矢《かぶらや》をささげた。

「御矢《おんや》、取《と》ってまいりました。」

「うむ。」

スサノオはにがりきった顔《かお》で、オオクニヌシを見《み》やって、矢《や》を受《う》け取《と》った。それから、言《い》った。

「わしについてまいれ。」

「はっ。」

オオクニヌシは、スサノオの後《うし》ろをついていった。

スサノオは、八田間《やたま》の大室《おおむろや》といわれる部屋《へや》に暮《く》らしていたが、そこは、とてつもなく広《ひろ》いところだった。柱《はしら》はあくまでも太《ふと》く、獣《けもの》の皮《かわ》が敷《し》かれた床《ゆか》は、はてしなくひろがっていた。

スサノオは、床《ゆか》に、どさりと身《み》を横《よこ》たえた。そして、オオクニヌシに命《めい》じた。

「なんじ、わが頭《あたま》のシラミを取《と》れ。」

シラミを？　オオクニヌシは、スサノオの頭《あたま》をあらためて見《み》やった。それはシラミと呼《よ》べるようなものではなかった。ぞっとするほど大《おお》きなムカデが、髪《かみ》のあいだに、ぞろぞろとうごめいていたのだ。

これを取《と》るのか？

オオクニヌシがおどろき、ためらったとき、スセリビメが、そうっと、ムクの木《こ》の実《み》と赤土《はに》をわたしながら、口《くち》で嚙《か》むまねをして、ささやいた。

「これを、かわりに。」

オオクニヌシはうなずいた。そして、ムクの木《こ》の実《み》を、がりがりっと嚙《か》みくだき、口《くち》の中《なか》に赤土《はに》をふくんで、床《ゆか》に、ぺっと唾《つば》を吐《は》いた。そうすると、さながらムカデを歯《は》で食《く》いちぎって、吐《は》き捨《す》てたかのように見《み》えた。

「ふっ。」

スサノオは薄目《うすめ》をあけて、そのさまを見《み》やって、笑《わら》った。

「こせがれめ、おそれることなく、ムカデを嚙《か》みくだいたか。」

わしの飼《か》っている大《おお》きなムカデに、きっとおびえ、おののくだろう。そう思《おも》っていたスサノオは、オオクニヌシのことが、ひそかに気《き》に入《い》った。

「なかなかに、**ういやつ**[*1]じゃ。」

スサノオはそのまま、ぐうぐうと寝入《ねい》ってしまった。

オオクニヌシは、眠《ねむ》るスサノオを見《み》やって、スセリビメに言《い》った。

「そなたは、わたしについてくるか。」

スセリビメはうれしそうにこたえた。

「ええ、いずこまでも、あなたさまについてまいります。」

オオクニヌシは、スサノオの髪《かみ》を、ひと束《たば》ずつ、大室《おおむろや》の垂木《たるき》にむすびつけた。さらに、五百人《にん》かかってやっと引《ひ》けるほどの巨大《きょだい》な岩《いわ》で、大室《おおむろや》の入《い》り口《ぐち》をふさいだ。

「さあ、ヒメ。」

オオクニヌシはスセリビメを背負《せお》い、スサノオの宝《たから》である生太刀《いくたち》、生弓矢《いくゆみや》、天沼琴《あめのぬごと》をう

＊1 ういやつ……関心《かんしん》な者《もの》（ほめるときに言《い》う）。

ばって、逃《に》げだした。

そのとき、天沼琴《あめのぬごと》が木《き》の枝《えだ》に触《ふ》れて、大地《だいち》がゆれ、からからと鳴《な》り響《ひび》いた。

「むっ、なにごとじゃ。」

スサノオはその音《おと》におどろいて、目《め》をさまして、立《た》ち上《あ》がろうとした。すると、髪《かみ》が垂木《たるき》にむすびつけられていたので、大室《おおむろや》がたおれた。

「ええい、こせがれめ!」

スサノオが髪《かみ》をほどくあいだに、オオクニヌシは、スセリビメを背負《せお》って、遠《とお》くへ逃《に》げのびていった。

「逃《に》がさぬぞ!」

スサノオはあとを追《お》って、黄泉比良坂《よもつひらさか》にたどりついた。はるか彼方《かなた》に、境《さかい》を越《こ》えて逃《に》げていくオオクニヌシを見《み》つけると、大音声《だいおんじょう》に叫《さけ》んだ。

「こせがれよ!　なんじに告《つ》げるぞ!」

オオクニヌシは立《た》ち止《ど》まって、雷鳴《らいめい》のようなその声《こえ》を聞《き》いた。

「なんじ、わが生太刀《いくたち》と生弓矢《いくゆみや》とで、なんじの兄弟《きょうだい》たちを、坂《さか》の裾《すそ》に追《お》い伏《ふ》せ、川《かわ》の瀬《せ》に追《お》いはらえ！　そして、大国主神（オオクニヌシノカミ）となって、わが娘《むすめ》スセリビメを妻《つま》として、宇迦《うか》の山《やま》のふもとで、大磐石《だいばんじゃく》の上《うえ》に、宮柱《みやばしら》を太《ふと》く立《た》てよ！　高天《たかま》が原《はら》に千木《ちぎ》を高《たか》くそびえさせて、住《す》め！　この憎《にく》いやつめ！」

はげましともとれる、スサノオの言葉《ことば》に、スセリビメを背負《せお》ったオオクニヌシは微笑《びしょう》して、うなずいた。

スサノオの言葉《ことば》どおり、オオクニヌシは、さっそく生太刀《いくたち》と生弓矢《いくゆみや》で、大勢《おおぜい》の兄弟《きょうだい》たちを、坂《さか》の裾《すそ》に追《お》い伏《ふ》せ、川《かわ》の瀬《せ》に追《お》いはらった。

「よし、国《くに》をつくるぞ。」

オオクニヌシは、宇迦《うか》の山《やま》のふもとで、スセリビメとともに、国《くに》をつくりはじめた。

九 スクナビコナと国《くに》をつくる

オオクニヌシ
少名毘古那《スクナビコナ》の神《かみ》
カミムスヒ
大物主神《オオモノヌシノカミ》

少名毘古那《スクナビコナ》の神《かみ》

福運《ふくうん》ゆたかなオオクニヌシは、国《くに》つくりのために、多《おお》くの国《くに》つ神《かみ》を従《したが》え、各地《かくち》にせっせと足《あし》を伸《の》ばした。そして、行《い》く先々《さきざき》で、うつくしいヒメを手《て》に入《い》れ、多《おお》くの子《こ》を生《う》ませた。

出雲《いずも》の美保《みほ》の岬《みさき》に行《い》ったときのことだった。

オオクニヌシは海《うみ》のかなたをながめて、「おや。」とつぶやいた。

「みょうなものが見《み》えるぞ。」

波《なみ》がしらを伝《つた》って、莢《さや》が割《わ》れたような、ガガイモの舟《ふね》に乗《の》り、こちらに向《む》かってくる者《もの》がいた。姿《すがた》は手《て》のひらにのるほど小《ちい》さく、蛾《が》の皮《かわ》をはいで、それを着物《きもの》にしている。

「どこかの神《かみ》だろうか？」

オオクニヌシは、その者《もの》に向《む》かって呼《よ》びかけた。

「そなた、名前《なまえ》はなんというのか？」

しかし、その者《もの》はこたえなかった。

オオクニヌシは、自分《じぶん》につき従《したが》っている神々《かみがみ》に、たずねた。

「だれか、あの者《もの》の名前《なまえ》を知《し》っている者《もの》はいないか？」

けれど、だれも知《し》らなかった。そのとき、ヒキガエルが這《は》いだしてきて、言《い》った。

「きっと、久延毘古（クエビコ）なら、知《し》っておるでしょう。」

クエビコは、山《やま》の田《た》の案山子《かかし》だった。足《あし》で歩《ある》くことはできないけれど、なんでも知《し》っている神《かみ》だった。

そこで、オオクニヌシはクエビコを呼《よ》んで、たずねた。

「あれは、なにものじゃ？」

クエビコはこたえた。

「これぞ、カミムスヒの神《かみ》の御子《みこ》で、少名毘古那（スクナビコナ）の神《かみ》でございます。」

そこで、オオクニヌシは、高天《たかま》が原《はら》へ昇《のぼ》り、カミムスヒの前《まえ》に行《い》き、スクナビコナを手《て》のひらに乗《の》せて、たずねた。

「この小《ちい》さな神《かみ》は、カミムスヒさまの御子《みこ》でございますか？」

すると、カミムスヒは、まじまじとスクナビコナを見《み》やって、うなずいた。

「まちがいない。これは、わが子《こ》である。多《おお》くの子《こ》のなかで、わが手《て》の指《ゆび》のあいだから、するりとくぐりぬけていった子《こ》じゃ。」

それから、スクナビコナに向《む》かって言《い》った。

「なんじ、これより、オオクニヌシと兄弟《きょうだい》となって、国《くに》つくりをせよ。」

「承知《しょうち》いたしました。」

スクナビコナは小《ちい》さな頭《あたま》をさげて、言《い》った。

こうして、医療《いりょう》と薬《くすり》、農耕《のうこう》、酒造《さけづく》りなど、豊富《ほうふ》な知識《ちしき》と技術《ぎじゅつ》を持《も》つスクナビコナと、オオクニヌシは、力《ちから》をあわせて、国《くに》つくりをはじめた。

知恵《ちえ》に富《と》み、豊穣《ほうじょう》をつかさどるスクナビコナのたすけを借《か》りて、国《くに》つくりは順調《じゅんちょう》に進《すす》んでいった。あるとき、オオクニヌシはスクナビコナにたずねた。

「ところで、われらの国《くに》つくりは、どれほど進《すす》んだであろうか？」

スクナビコナはこたえた。

「うまくいったところは多《おお》くあります。国《くに》つくりは、かなり進《すす》みましたが、まだまだ完全《かんぜん》ではありませんね。」

「そうか。まだまだ、なのか。」

オオクニヌシは、ふうっとため息《いき》をついた。


ところが、ある日《ひ》のことだった。

オオクニヌシがたよりにしていたスクナビコナが、淡島《あわしま》に行《い》って、粟《あわ》の茎《くき》によじのぼっていたところ、ぴいんと、茎《くき》にはじかれてしまったのだ。

「あっ。」

スクナビコナは海《うみ》に飛《と》んでいき、*1常世国《とこよのくに》へ行《い》ってしまった。

「ああ、なんということだ！」

オオクニヌシはなげいた。

「国《くに》つくりはまだまだと言《い》っていたスクナビコナがいなくなってしまった。わたしは、どうすればいいのだ。わたしひとりで、どうやったら、この国《くに》をうまくつくることができるのだろう。いったい、どの神《かみ》が、わたしと力《ちから》をあわせてくれるのか。」

そのとき、海《うみ》にぱあっと光《ひかり》が射《さ》した。その光《ひか》り輝《かがや》く中《なか》に、神《かみ》があらわれて、近《ちか》づいてきた。

「なにものであるか？」

オオクニヌシがたずねると、神《かみ》は言《い》った。

「わしは、大物主神（オオモノヌシノカミ）じゃ。よいか、わしのために、宮《みや》をいとなんで、祭《まつ》るならば、ともに国《くに》つくりにあたろう。そうしなければ、そなたの国《くに》つくりは成《な》りがたいぞ。」

オオクニヌシはうなずいた。

「わかった。それならば、いかにして、どこに祭《まつ》ろうか。」

オオモノヌシは言《い》った。

「倭《やまと》の、青々《あおあお》とした垣《かき》のようにめぐる、東《ひがし》の山《やま》の上《うえ》に、わしを祭《まつ》れ。」

倭《やまと》の国《くに》の東《ひがし》の山《やま》は、三輪《みわ》の御室山《みむろのやま》である。そこで、オオクニヌシは、三輪山《みわやま》に、オオモノヌシを、篤《あつ》く祭《まつ》ることにした。

こうして、オオクニヌシは、オオモノヌシとともに力《ちから》をあわせて、葦原《あしはら》の中《なか》つ国《くに》をつくっていった。

＊1 常世国《とこよのくに》……海《うみ》の向《む》こうにあると考《かんが》えられていた永遠《えいえん》の世界《せかい》。

十 アメワカヒコ、天《てん》にそむいて死《し》ぬ

アマテラス
天忍穂耳《アメノオシホミミ》
オモイカネ
天若日子《アメワカヒコ》

アマテラスは、そろそろ高天《たかま》が原《はら》の下《した》をきちんと統治《とうち》しなくてはなるまいと考《かんが》え、天忍穂耳（アメノオシホミミ）に命《めい》じた。

「わが子《こ》よ、*1豊葦原水穂国《とよあしはらみずほのくに》は、そなたが治《おさ》めるべき国《くに》じゃ。いかなるさまか、行《い》って、たしかめよ。」

「かしこまりました。」

アメノオシホミミは、高天《たかま》が原《はら》から降《お》りていった。天《あめ》の浮《う》き橋《はし》の上《うえ》に立《た》って、下界《げかい》を見下《みお》ろした。しかし、そこはとても平和《へいわ》なところとは言《い》えず、ザワザワと荒《あら》い風《かぜ》が吹《ふ》きすさんでいた。

「や、や。これはいかん。」

アメノオシホミミは、天《てん》へもどって、アマテラスに報告《ほうこく》した。

「豊葦原水穂国《とよあしはらみずほのくに》は、たいへん騒《さわ》がしい状態《じょうたい》でございます。」

アマテラスはおどろいた。

「さようか。それはよくないのう。」

そこで、アマテラスは、高御産巣日神（タカミムスヒノカミ）とともに、天安河《あめのやすのかわ》の河原《かわら》に、すべての神々《かみがみ》を集《あつ》め、オモイカネに思案《しあん》させた。

「この国《くに》は、わが子《こ》アメノオシホミミに治《おさ》めさせようと、その手《て》にゆだねた国《くに》じゃ。ところが、いまやそこは、荒《あら》ぶる国《くに》つ神《かみ》たちが、ほしいままにしておる。そこで、どの神《かみ》を天《てん》からつかわして、国《くに》をしずめるべきであろうか。」

オモイカネと八百万《やおよろず》の神々《かみがみ》は相談《そうだん》し、アマテラスにこたえた。

＊1 豊葦原水穂国《とよあしはらみずほのくに》……天《あめ》つ神《かみ》が支配《しはい》することになる地上《ちじょう》。オオクニヌシが支配《しはい》している葦原《あしはら》の中《なか》つ国《くに》と同《おな》じ国《くに》を指《さ》す。

「天菩比神（アメノホヒノカミ）を、おつかわしになったら、いかがでしょう。」

アメノホヒは、スサノオとの誓約《うけい》のときに、アマテラスの右《みぎ》のみずらに巻《ま》いた玉飾《たまかざ》りから生《う》まれた子《こ》だった。

「では、そういたそう。」

アマテラスは下界《げかい》に、わが子《こ》アメノホヒをつかわした。しかし、アメノホヒは、オオクニヌシに会《あ》うと、その堂々《どうどう》とした姿《すがた》に感《かん》じ入《い》った。

「わざわざ天《てん》からくだってこられるとは、ご苦労《くろう》でござった。どうぞ、この地《ち》で、ゆるりとご滞在《たいざい》なされるがよい。」

オオクニヌシにていちょうにもてなされて、アメノホヒは、葦原《あしはら》の中《なか》つ国《くに》のことが気《き》に入《い》ってしまった。

そこで、いつのまにか、オオクニヌシにつき従《したが》って暮《く》らすようになった。そして、三年《ねん》が過《す》ぎても、アメノホヒは、天《てん》に帰《かえ》ってこなかった。

そこで、アマテラスとタカミムスヒは、八百万《やおよろず》の神《かみ》にたずねた。

「葦原《あしはら》の中《なか》つ国《くに》へつかわしたアメノホヒは、長《なが》いこと、帰《かえ》ってこない。いずれの神《かみ》をつかわせばよいであろうか。」

オモイカネがこたえた。

「されば、天津国玉神（アマツクニタマノカミ）の子《こ》である、天若日子（アメワカヒコ）をつかわされるがよろしいでしょう。」

アメワカヒコは、天界《てんかい》きってのりりしい姿《すがた》で、目鼻立《めはなだ》ちのととのった若《わか》い神《かみ》だった。

「たのむぞ、アメワカヒコ。」

アマテラスとタカミムスヒは、アメワカヒコに、高天が原《たかまがはら》の宝《たから》である、天之麻迦古弓《あめのまかこゆみ》と天波波矢《あめのははや》をさずけて、言《い》った。

「わかりました。おおせに従《したが》います。」

アメワカヒコは、天界《てんかい》から下界《げかい》へ、くだっていった。

ところが、アメワカヒコは、その地《ち》にくだったあと、オオクニヌシの娘《むすめ》である下照比売（シタデルヒメ）を見初《みそ》めた。

「なんと、愛《あい》らしい娘《むすめ》ではないか。」

アメワカヒコは考《かんが》えた。

「よし、あの娘《むすめ》をめとって、この国《くに》を、わが手《て》に入《い》れよう。」

アメワカヒコは、オオクニヌシのゆるしを得《え》て、シタデルヒメと結婚《けっこん》した。そして、りっぱな宮《みや》をつくって、シタデルヒメと住《す》んだ。

またたくまに、八年《ねん》の月日《つきひ》が過《す》ぎていった。


アマテラスとタカミムスヒは、またもや、もろもろの神々《かみがみ》に問《と》うた。

「アメワカヒコは、なにゆえ長《なが》くとどまっているのか。ひさしく、高天《たかま》が原《はら》にもどってこない。そのわけを問《と》いただすには、いずれの神《かみ》をつかわすべきであろう？」

八百万《やおよろず》の神《かみ》とオモイカネはこたえた。

「雉《きじ》の鳴女《なきめ》をつかわされたら、いかがでしょう。」

「鳴女《なきめ》か。」

アマテラスは鳴女《なきめ》を呼《よ》びつけて、命《めい》じた。

「そなたは葦原《あしはら》の中《なか》つ国《くに》へ行《い》き、アメワカヒコに、『そもそも、なんじを葦原《あしはら》の中《なか》つ国《くに》へつかわしたのは、その国《くに》の荒《あら》ぶる神々《かみがみ》をしずめて、高天《たかま》が原《はら》に従《したが》わせるためである。それなのに、なにゆえ、八年《ねん》になるまで、もどってこぬのか。』と、たずねよ。」

「承知《しょうち》しました。」

鳴女《なきめ》は、天《てん》から葦原《あしはら》の中《なか》つ国《くに》へくだっていった。

そして、アメワカヒコの住《す》み家《か》の入《い》り口《ぐち》に生《は》えていた桂《かつら》の木《き》に止《と》まり、アマテラスの言葉《ことば》を、そのまま伝《つた》えた。

アメワカヒコの侍女《じじょ》で、ひとの心《こころ》を探《さぐ》って告《つ》げるのを習《なら》わしとする、天探女（アメノサグメ）が、この鳥《とり》の鳴《な》き声《ごえ》を聞《き》いた。

「まあ、なんて、いやな声《こえ》だこと！」

アメノサグメは急《いそ》いで、あるじに告《つ》げた。

「ご主人《しゅじん》さま。この鳥《とり》の鳴《な》き声《ごえ》は、とても不吉《ふきつ》でございます。矢《や》で射《い》て、殺《ころ》してしまわれたほうがよろしいかと思《おも》います。」

「そうだな。」

アメワカヒコはうなずいた。

「いかにも不吉《ふきつ》な声《こえ》だな。」

アメワカヒコは、高天《たかま》が原《はら》よりさずかっていた宝器《ほうき》である、天波波矢《あめのははや》をつがえ、天之麻迦古弓《あめのまかこゆみ》をひきしぼり、ねらいをさだめ、鳥《とり》に向《む》かって射《い》た。

「それっ！」

矢《や》はびゅっと飛《と》んで、あやまたず、鳥《とり》の胸《むね》をつらぬいた。ところが、そのあと、さかさまに天《てん》へ向《む》かい、天安河《あめのやすのかわ》の河原《かわら》にいたアマテラスとタカミムスヒのもとに、とどいた。

「これは、なんとしたことか！」

タカミムスヒが、その矢《や》を拾《ひろ》ってみたところ、鳴女《なきめ》の血《ち》が矢《や》の羽《はね》についていた。

「まちがいない。これは、アメワカヒコにさずけた矢《や》じゃ。」

タカミムスヒは八百万《やおよろず》の神々《かみがみ》に、その矢《や》を示《しめ》して、おごそかに言《い》った。

「もしもアメワカヒコが、天《てん》の命《めい》にそむくことなく、悪《わる》い神《かみ》を射《い》ようとした矢《や》がここにとどいたのなら、アメワカヒコには当《あ》たるな。」

それから、きびしい顔《かお》になって、タカミムスヒは告《つ》げた。

「もしもアメワカヒコに、天《てん》にそむく、よこしまな心《こころ》があったならば、この矢《や》で、災《わざわ》いを受《う》けよ！」

タカミムスヒはその矢《や》を、矢《や》が開《あ》けた天《てん》の穴《あな》から突《つ》き返《かえ》して、投《な》げおろした。

矢《や》はぐんぐん飛《と》んでいった。そして、葦原《あしはら》の中《なか》つ国《くに》で、朝《あさ》になっても起《お》きずに、ぐうぐうとだらしなく眠《ねむ》っていたアメワカヒコの胸《むね》を、ぐさりと刺《さ》しつらぬいた。

「うっ！」

天《てん》の命《めい》にそむいたアメワカヒコは、鳴女《なきめ》を殺《ころ》した矢《や》で、死《し》んだのである。

十一 力《ちから》くらべで、国《くに》ゆずり

アマテラス
オモイカネ
建御雷《タケミカズチ》之《ノ》神《カミ》
オオクニヌシ

葦原《あしはら》の中《なか》つ国《くに》は高天《たかま》が原《はら》が治《おさ》めなくてはならないと、アマテラスは二度《ど》も神《かみ》を送《おく》ったが、いずれも失敗《しっぱい》に終《お》わった。アマテラスは思《おも》いあまって、オモイカネやよろずの神々《かみがみ》にたずねた。

「このうえは、いずれの神《かみ》をつかわそうか。」

オモイカネと神々《かみがみ》は口《くち》をそろえて言《い》った。

建御雷《タケミカズチ》之《ノ》神《カミ》

「天安河《あめのやすのかわ》の川上《かわかみ》、天岩屋《あめのいわや》におられる伊都之尾羽張神（イツノオハバリノカミ）をつかわされるのがよいでしょう。」

さらに、言《い》った。

「もしも、この神《かみ》が行《い》けないのならば、その子《こ》である建御雷之神（タケミカズチノカミ）をつかわされよ。ただ、オハバリノカミは天安河《あめのやすのかわ》の水《みず》をせきあげて、道《みち》をふさいでいるために、ほかの神《かみ》は近《ちか》づけません。それゆえ、天迦久神（アメノカクノカミ）をつかわして、オハバリノカミが行《い》くかどうか、たずねるのがよろしいでしょう。」

そこで、アメノカクノカミをつかわして、たずねさせた。すると、オハバリノカミはこたえた。

「わかりました。さすれば、わが子《こ》のタケミカズチをつかわしましょう。」

タケミカズチは、天界《てんかい》きっての豪傑《ごうけつ》で、戦《たたか》いに負《ま》けたことのない神《かみ》だった。そこで、アマテラスは、天鳥船神（アメノトリフネノカミ）をそえて、タケミカズチを葦原《あしはら》の中《なか》つ国《くに》へつかわした。

タケミカズチとアメノトリフネの二柱《ふたはしら》の神《かみ》は、出雲《いずも》にくだっていった。

「ここか、葦原《あしはら》の中《なか》つ国《くに》の都《みやこ》は。」

オオクニヌシの住《す》む宮《みや》の近《ちか》く、伊耶佐《いざさ》の浜《はま》に踏《ふ》みこむと、タケミカズチは、ぎらりと十拳《とつか》の剣《つるぎ》を抜《ぬ》いた。白波《しらなみ》に、さかさまに剣《つるぎ》を突《つ》き立《た》て、その切《き》っ先《さき》にあぐらをかいて、すわった。

「よく聞《き》け！」

タケミカズチは、たけだけしい声《こえ》で、オオクニヌシにたずねた。

「おぬしが、アシハラシコオか。おれは、アマテラスオオミカミと**高木神**[*1]**（タカギノカミ）**のおおせで、やってきた。そもそもこの国《くに》は、大神《おおみかみ》の御子《みこ》が治《おさ》めるべきところだ。それを、おぬしがわが物顔《ものがお》に支配《しはい》していると聞《き》く。大神《おおみかみ》のおおせを、おぬしは、いかがいたすつもりだ？」

オオクニヌシは、白波《しらなみ》に光《ひか》っている剣《つるぎ》を見《み》やって、こたえた。

「わたしには申《もう》し上《あ》げられません。わが子《こ》の、八重言代主（ヤエコトシロヌシ）が申《もう》すで

＊1　高木神（タカギノカミ）……タカミムスヒノカミの別名《べつめい》。

しょう。」

「おぬしの子《こ》は、どこにおるのだ?」

「鳥《とり》を狩《か》り、魚《さかな》を漁《すなど》るため、御大《みほ》の岬《みさき》に行《い》って、まだもどっていません。」

そこで、アメノトリフネをつかわして、コトシロヌシを迎《むか》えに行《い》った。連《つ》れもどされたコトシロヌシは、タケミカズチには目《め》もくれずに、父《ちち》のオオクニヌシに言《い》った。

「おそれ多《おお》いことです。わたくしはなにも申《もう》しませぬ。この国《くに》は、天《あま》つ神《かみ》の御子《みこ》に差《さ》し上《あ》げましょう。」

そう言《い》うと、乗《の》ってきた船《ふね》を踏《ふ》んでかたむけ、手《て》のひらをさかさまにして打《う》ち鳴《な》らし、その船《ふね》を青々《あおあお》とした柴垣《しばがき》に変《か》えて、そこに隠《かく》れてしまった。

「よし、よし。」

タケミカズチは大《おお》いに気分《きぶん》をよくして、オオクニヌシに言《い》った。

「いま、おぬしの子《こ》、コトシロヌシはこう言《い》った。どうじゃ。ほかに、もの言《い》う子《こ》は、おるか?」

オオクニヌシは、タケミカズチを見《み》すえて、こたえた。

「もうひとり、建御名方（タケミナカタ）という子《こ》がおります。この子《こ》をおいて、ほかにはいません。」

タケミナカタは、からだが大《おお》きく、中《なか》つ国《くに》では、だれもさからうことのない剛力《ごうりき》の持《も》ち主《ぬし》だった。オオクニヌシは、タケミナカタなら、高天《たかま》が原《はら》の神《かみ》を追《お》いはらってくれるかもしれないと期待《きたい》したのだ。

ちょうど、そのとき、タケミナカタがあらわれた。

タケミナカタは、千人《にん》かかってようやく持《も》ち上《あ》げられる、千引岩《ちびきいわ》を、ぽんぽんと手玉《てだま》に取《と》りながら、叫《さけ》んだ。

「だれだ！　わが国《くに》へ来《き》て、こそこそ言《い》っているやつは！　おれと力《ちから》くらべをしろ！　まずは、おれがおまえの手《て》をつかんで、放《ほう》り投《な》げてやる！」

そう言《い》うと、タケミナカタは渾身《こんしん》の力《ちから》で、ぐいっと、タケミカズチの手《て》をつかんだ。ところが、タケミカズチの手《て》は、たちまち氷柱《つらら》となり、さらには白刃《はくじん》となった。

「おっ！　なんだ、こやつの手《て》は！」

タケミナカタはおどろき、急《いそ》いで手《て》をひっこめようとした。しかし、タケミカズチは、タ

ケミナカタの手《て》を逃《に》がさなかった。

「おれに戦《たたか》いをいどむとは、おろかなやつめっ！」

タケミカズチは、タケミナカタの手《て》をつかむと、若《わか》い葦《あし》をつかむように、その手《て》を、ギュッとにぎりつぶした。さらに、タケミナカタをつかみあげて、遠《とお》くに投《な》げ飛《と》ばした。

「おうっ、これは、たまらん！」

上《うえ》には上《うえ》があるものだと知《し》らされたタケミナカタは、ほうほうのていで逃《に》げだした。

「逃《に》がさぬ！」

タケミカズチは、走《はし》って逃《に》げるタケミナカタを追《お》った。

出雲《いずも》の地《ち》から、*2信濃《しなの》の諏訪湖《すわこ》まで追《お》いつめて、タケミナカタを取《と》り押《お》さえた。そして、空《そら》高《たか》く抱《かか》え上《あ》げて、大地《だいち》にたたきつけようとした。

「待《ま》ってくだされっ！」

あわや殺《ころ》されそうになったとき、タケミナカタは叫《さけ》んだ。

「わたしを殺《ころ》さないでくだされ。わたしはこの地《ち》をおいて、ほかには行《い》きませぬ。父《ちち》のオオ

＊2　信濃《しなの》……今《いま》の長野県《ながのけん》。

クニヌシのおおせに従《したが》います。兄《あに》のコトシロヌシの言葉《ことば》どおり、この葦原《あしはら》の中《なか》つ国《くに》は、天《あま》つ神《かみ》の御子《みこ》におまかせいたします。」

「ようし、よし。いさぎよく負《ま》けを認《みと》めたか。」

この天《あま》つ神《かみ》タケミカズチと国《くに》つ神《かみ》タケミナカタの戦《たたか》いは、わが国《くに》で最初《さいしょ》の、相撲《すもう》の取組《とりくみ》とされている。

信濃《しなの》から出雲《いずも》に引《ひ》き返《かえ》して、タケミカズチは、オオクニヌシに言《い》った。

「おぬしの子《こ》らは、コトシロヌシも、タケミナカタも、天《あま》つ神《かみ》の御子《みこ》のおおせに従《したが》って、さからわないと申《もう》したぞ。さあ、あらためて、おぬしの返答《へんとう》を聞《き》こう。」

オオクニヌシはため息《いき》をついて、こたえた。

「わが子《こ》たちがそう申《もう》すのであれば、わたしはそれに従《したが》うまでのことです。この葦原《あしはら》の中《なか》つ国《くに》は、おおせのままに、高天《たかま》が原《はら》に、すべて差《さ》し上《あ》げましょう。」

それから、こうつづけて言《い》った。

「ただ、わたしの住《す》まうところだけは、天《てん》の住《す》まいのように、大磐石《だいばんじゃく》の上《うえ》に太《ふと》い宮柱《みやばしら》を立《た》て、高天が原《たかまがはら》に千木《ちぎ》を高《たか》くそびえさせて、祭《まつ》っていただきたい。そうすれば、この出雲《いずも》の道《みち》の、はてしなく遠《とお》く、姿《すがた》の見《み》えないところに、わたしは隠《かく》れることにいたします。コトシロヌシが前《まえ》になり、後《うし》ろになって、御子《みこ》におつかえするなら、わが子《こ》ら、たくさんの神々《かみがみ》は逆《さか》らいません。」

オオクニヌシは、みずからのための神殿《しんでん》をつくる一方《いっぽう》で、出雲《いずも》の国《くに》の多芸志《たぎし》の小浜《おばま》に、天《てん》から降臨《こうりん》してくる神《かみ》のための宮《みや》をつくった。そして、水戸神（ミナトノカミ）の孫《まご》である、櫛八玉神（クシヤタマノカミ）が調理人《ちょうりにん》となり、天《あま》つ神《かみ》のための、さまざまなご馳走《ちそう》を用意《ようい》した。

「うむ。これで、すべてよし。」

タケミカズチは胸《むね》を張《は》って、高天が原《たかまがはら》へもどった。

そして、アマテラスや天《あま》つ神々《かみがみ》に、葦原《あしはら》の中《なか》つ国《くに》のオオクニヌシはじめ、多《おお》くの国《くに》つ神《かみ》を、天《てん》に帰順《きじゅん》させたことを、高《たか》らかに告《つ》げた。

十二 天孫降臨《てんそんこうりん》

アマテラス
タカギノカミ
アメノオシホミミ
番能邇々芸命《ホノニニギノミコト》
アメノウズメ
猿田毘古神《サルタビコノカミ》

アマテラスとタカギノカミは、タケミカズチの報告《ほうこく》を聞《き》いた。

「さようか。さすがは、天界一《てんかいいち》のつわもの、タケミカズチじゃな。」

そして、あらためて、アメノオシホミミを呼《よ》んで命《めい》じた。

「葦原《あしはら》の中《なか》つ国《くに》のみだれは、いまや鎮《しず》まった。なんじ、先《さき》に命《めい》じたように、かの国《くに》へくだって、これを治《おさ》めよ。」

アメノオシホミミはこたえた。

番能邇々芸命《ホノニニギノミコト》

「おおせに従《したが》い、くだろうと、身支度《みじたく》をしていましたところ、おりよく、子《こ》が生《う》まれました。番能邇々芸命（ホノニニギノミコト）という名《な》ですが、この子《こ》をくだすのが、よいのではないでしょうか。」

アマテラスは、そこで、生《う》まれたてのニニギに命《めい》じた。

「わが孫《まご》、ニニギよ。この葦原《あしはら》の中《なか》つ国《くに》は、なんじが治《おさ》めるべき国《くに》じゃ。それゆえ、天《あま》つ神《かみ》の心《こころ》を忘《わす》れず、あやまちがないように心《こころ》がけて、この国《くに》へ、天下《あまくだ》りせよ。」

ニニギは頭《あたま》をさげた。

「おおせに従《したが》います。」

ニニギが天下《あまくだ》りをしようとしていると、天《てん》の分《わ》かれ道《みち》に、上《うえ》は高天《たかま》が原《はら》を照《て》らし、下《した》は葦《あし》原《はら》の中《なか》つ国《くに》を照《て》らす、異形《いぎょう》の神《かみ》がいるという知《し》らせがとどいた。背丈《せたけ》が高《たか》く、顔《かお》が赤《あか》く、口《くち》が大《おお》きく、目《め》は輝《かがや》き、赤《あか》い鼻《はな》が長々《ながなが》と突《つ》きだしている神《かみ》だった。

「いったい、なにものであろう？」

アマテラスとタカギノカミは、アメノウズメに命《めい》じた。

「アメノウズメよ、そなたは、か弱《よわ》い姿《すがた》かたちをしているが、いかなる神《かみ》に立《た》ち向《む》かっても、ひるむことなく、にらみ勝《か》つ神《かみ》じゃ。そなたがひとりで行《い》って、『わが御子《みこ》が天下《あまくだ》ろうとする道《みち》に、だれが立《た》ちはだかっているのか？』と、問《と》うがよい。」

「こころえました。」

アメノウズメは、天《てん》の分《わ》かれ道《みち》に、ひとりでおもむき、立《た》ちはだかっている神《かみ》に問《と》うた。

「そなたは、なにものか？」

すると、その神《かみ》はこたえた。

「わたしは国《くに》つ神《かみ》にて、猿田毘古（サルタビコ）と申《もう》します。天《あま》つ神《かみ》である御子《みこ》が天下《あまくだ》りなされると聞《き》いたもので、先頭《せんとう》に立《た》って、おつかえしようと、お迎《むか》えに参《まい》りました。」

アメノウズメはうなずいた。

「よくわかりました、サルタビコどの。」

アメノウズメは高天《たかま》が原《はら》にもどって、アマテラスとタカギノカミに報告《ほうこく》した。

「そういう次第《しだい》であったか。」

アマテラスは、ニニギの天下《あまくだ》りに、神々《かみがみ》を従《したが》えさせることにした。

アメノコヤネ、フトタマらに、アメノウズメを加《くわ》え、あわせて五人《にん》の神《かみ》を供《とも》としたうえ、天岩屋《あめのいわや》からアマテラスを招《まね》き出《だ》した*1八尺《やさか》の勾玉《まがたま》と鏡《かがみ》、それに、のちに「草《くさ》なぎの剣《つるぎ》」と呼《よ》ばれる剣《つるぎ》を添《そ》えて、天下《あまくだ》りさせた。

それになお、知恵《ちえ》の神《かみ》オモイカネと、強力《ごうりき》の神《かみ》アメノタヂカラオと天石門別（アメノイワトワケ）の、三柱《みはしら》の神《かみ》をも、一行《いっこう》に加《くわ》えた。

アマテラスは鏡《かがみ》をかかげて、ニニギ一行《いっこう》に、告《つ》げた。

「この鏡《かがみ》を、わたしの御魂《みたま》として、わたしを祭《まつ》りなさい。」

一行《いっこう》はこたえた。

「おおせのとおりにいたします。」

アマテラスはうなずき、それから、オモイカネに告《つ》げた。

「オモイカネよ。そなたは、いま言《い》ったことをしっかりと守《まも》り、わたしの祭《まつ》りごとを執《と》りおこないなさい。」

「はっ。アマテラスオオミカミのおおせを忘《わす》れずに、葦原《あしはら》の中《なか》つ国《くに》へ参《まい》ります。」

*1 八尺《やさか》の勾玉《まがたま》と鏡《かがみ》、それに、のちに「草《くさ》なぎの剣《つるぎ》」と呼《よ》ばれる剣《つるぎ》……歴代《れきだい》の天皇《てんのう》が受《う》け継《つ》いできた宝物《ほうもつ》「三種《さんしゅ》の神器《じんぎ》」。「鏡《かがみ》」は八咫鏡《やたのかがみ》を指《さ》す。

こうして、天孫《てんそん》であるニニギは、アマテラスとタカギノカミに見送《みおく》られ、にぎにぎしく大勢《おおぜい》の神々《かみがみ》をひきつれて、高天《たかま》が原《はら》から葦原《あしはら》の中《なか》つ国《くに》へ降臨《こうりん》していった。

サルタビコに先導《せんどう》され、ニニギは天空《てんくう》に八重《やえ》にたなびく雲《くも》を押《お》し分《わ》け、堂々《どうどう》とした姿《すがた》で、天《てん》からくだる道《みち》を選《えら》び、とちゅう、天《あめ》の浮《う》き橋《はし》に、すっくと立《た》った。そこから、筑紫《ちくし》の日向《ひむか》の高千穂《たかちほ》の霊峰《れいほう》に、天下《あまくだ》っていった。

天忍日命（アメノオシヒノミコト）と天津久米命（アマツクメノミコト）が、しっかりした造《つく》りの矢入《やい》れを背負《せお》い、*2**頭椎《かぶつち》の太刀《たち》**を腰《こし》にさげて、ニニギを先導《せんどう》した。

「おう、ここはよい地《ち》だ。」

高千穂《たかちほ》の地《ち》で、ニニギは満足《まんぞく》げに言《い》った。

「ここは笠沙《かささ》の岬《みさき》をまっすぐ通《とお》ってきて、朝日《あさひ》がじかに照《て》らす国《くに》であり、夕日《ゆうひ》がうつくしく照《て》らす国《くに》だ。」

ニニギは大磐石《だいばんじゃく》の上《うえ》に、宮柱《みやばしら》を太《ふと》く立《た》てさせた。アマテラスや天《あま》つ神々《かみがみ》のいる高天《たかま》が原《はら》にとどくように、千木《ちぎ》を高《たか》くそびえさせて、ニニギは高千穂《たかちほ》の地《ち》に住《す》むことにした。

さらに、ニニギは、アメノウズメに告《つ》げた。

「われらを先導《せんどう》してくれたサルタビコどのを、そなたがお送《おく》りせよ。」

アメノウズメはうなずいた。

「わかりました、御子《みこ》。」

アメノウズメがサルタビコを送《おく》って、伊勢《いせ》に帰《かえ》り着《つ》いたときのことだった。アメノウズメは、すべての大《おお》きな魚《さかな》、小《ちい》さな魚《さかな》を集《あつ》めて、たずねた。

「よいか。おまえたちは、天《あま》つ神《かみ》である御子《みこ》に、おつかえいたすか？」

魚《さかな》たちはみな、こたえた。

「はい。」

「おつかえいたします。」

ところが、海鼠《なまこ》だけは、黙《だま》ってこたえなかった。

「おや。」

アメノウズメは海鼠《なまこ》に向《む》かって、言《い》った。

「そなたの口《くち》は、返事《へんじ》をしない口《くち》だね。」

それから、アメノウズメは紐《ひも》つきの懐剣《かいけん》で、海鼠《なまこ》の口《くち》を裂《さ》いた。その日《ひ》から、海鼠《なまこ》の口《くち》は裂《さ》けているのである。

＊2 頭椎《かぶつち》の太刀《たち》……柄《つか》の部分《ぶぶん》が槌《つち》（ものをたたく道具《どうぐ》）の頭《あたま》のようになっている太刀《たち》。

十三 コノハナノサクヤビメとイワナガヒメ

ニニギ
木花之佐久夜毘女《コノハナノサクヤビメ》
石長比売《イワナガヒメ》

ニニギは散歩《さんぽ》していて、笠沙《かささ》の岬《みさき》で、侍女《じじょ》たちにとりかこまれている、すばらしくうつくしい乙女《おとめ》に出会《であ》った。肌《はだ》がすきとおるように白《しろ》く、つやつやとした黒《くろ》い髪《かみ》が腰《こし》にまで垂《た》れている。

「なんという、うるわしいヒメだろう。」

ニニギはさっそく乙女《おとめ》に近《ちか》づいていくと、たずねた。

「そなたは、だれの娘《むすめ》なのか？」

木花之佐久夜毘女《コノハナノサクヤビメ》

乙女《おとめ》は、ニニギを見《み》つめて、澄《す》んだ声《こえ》でこたえた。

「わたくしは、大山津見神（オオヤマツミノカミ）の娘《むすめ》で、木花之佐久夜毘女（コノハナノサクヤビメ）と申《もう》します。」

コノハナノサクヤビメというのか。まさしく、ぱっと花《はな》が咲《さ》いているような、その姿《すがた》どおりの、うるわしい名前《なまえ》ではないか。そう思《おも》いながら、ニニギはさらにたずねた。

「そなたには、兄弟《きょうだい》がいるのか？」

コノハナノサクヤはうなずいて、こたえた。

「はい。姉《あね》の石長比売（イワナガヒメ）がおります。」

ほう、いるのか。姉《あね》はどんな美人《びじん》なのだろう？　ニニギはその姿《すがた》を思《おも》い描《えが》きながら、コノハナノサクヤに向《む》かって、言《い》った。

「わたしは、そなたと結婚《けっこん》したい。どう思《おも》うか？」

コノハナノサクヤは、長《なが》いまつげを伏《ふ》せ、ほおを染《そ》めて、はにかみがちに言《い》った。

「そのようなこと、わたくしからは、申《もう》し上《あ》げられません。わたくしにかわって、父《ちち》のオオヤマツミノカミが申《もう》し上《あ》げるでしょう。」

そこで、ニニギはオオヤマツミノカミに、さっそく使《つか》いをやった。すると、オオヤマツミノカミはおおいに喜《よろこ》んだ。

「そうか。天《てん》の御子《みこ》に見初《みそ》められたとは、うれしいかぎりじゃ。」

オオヤマツミノカミは、妹《いもうと》のコノハナノサクヤに、姉《あね》のイワナガヒメを添《そ》えて、数《かぞ》えきれないほどの結納《ゆいのう》の品々《しなじな》を台《だい》に載《の》せて、ニニギのもとへとどけた。

「なんと、姉《あね》も送《おく》ってきたのか！」

ニニギはおどろいた。

というのも、姉《あね》のイワナガヒメは、ほっそりとしたコノハナノサクヤとちがい、肩《かた》ががっしり張《は》っていて、眉《まゆ》が太《ふと》く、四角《しかく》いあごで、あまりうつくしくなかったからだ。

「思《おも》い描《えが》いていたのとは、だいぶちがうな。」

そう思《おも》ったニニギは、イワナガヒメをオオヤマツミノカミのもとへ、ていちょうに送《おく》り返《かえ》した。

「申《もう》しわけないが、姉君《あねぎみ》はいらぬ。」

そして、妹《いもうと》のコノハナノサクヤと、ニニギは一夜《いちや》をともにした。

イワナガヒメが送《おく》り返《かえ》されてきたことに、オオヤマツミノカミは、くやしく、恥《は》ずかしい思《おも》いを抱《いだ》いた。

「御子《みこ》に、わかってもらえなかったか……。」

そこで、オオヤマツミノカミはニニギに申《もう》し送《おく》った。

「わが娘《むすめ》をふたりとも送《おく》ったのは、わけがあったのです。もしもイワナガヒメを娶《めと》られれば、あなたの命《いのち》は、雪《ゆき》がふり、風《かぜ》が吹《ふ》いても、つねに岩《いわ》のように、いつまでも堅《かた》く、つづくことでしょう。また、コノハナノサクヤを娶《めと》られれば、木《き》の花《はな》が咲《さ》くようにお栄《さか》えになることでしょう。そう誓約《うけい》をして、ふたりを差《さ》し上《あ》げたのです。ところが、イワナガヒメを帰《かえ》らせて、コノハナノサクヤだけをとどめられたので、天《あま》つ神《かみ》である御子《みこ》の御寿命《ごじゅみょう》は、桜《さくら》の花《はな》のように短《みじか》いものとなられるでしょう。」

このことのために、ニニギの子孫《しそん》である天皇《てんのう》の寿命《じゅみょう》は、永遠《えいえん》ではなく、短《みじか》いものになったと『古事記《こじき》』は伝《つた》えている。

コノハナノサクヤは、このあと、ニニギのもとに行《い》き、こう告《つ》げた。

「わたくし、妊娠《にんしん》いたしました。これから生《う》もうとするときに、天《あま》つ神《かみ》の御子《みこ》をひそかに生《う》むことはできないので、申《もう》し上《あ》げます。」

ニニギは、首《くび》をかしげた。

「コノハナノサクヤよ。まさか、たった一晩《ひとばん》で、懐妊《かいにん》したというのか。それはわが子《こ》ではあるまい。きっとほかの、国《くに》つ神《かみ》の子《こ》であろう。」

すると、コノハナノサクヤは、まなじりを決《けっ》して、ニニギを見《み》た。

「なにをおっしゃるのですか。もしも、わたくしの妊娠《にんしん》した子《こ》が、国《くに》つ神《かみ》の子《こ》であるなら、無事《ぶじ》ではありますまい。されど、もしも天《あま》つ神《かみ》の子《こ》であるなら、なにがあろうとも、無事《ぶじ》でしょう。」

きっとした顔《かお》で、そう言《い》うと、コノハナノサクヤは、ただちに戸口《とぐち》のない、高《たか》い神聖《しんせい》な産屋《うぶや》をつくり、その中《なか》に入《はい》り、土《つち》で塗《ぬ》りふさいだ。

「土《つち》でふさぐとは。いったい、なにをするつもりなのか？」

ニニギは、コノハナノサクヤがしようとしていることに、不安《ふあん》をおぼえた。

そして、そのときが来《き》た。

いままさに子《こ》が生《う》まれようとするときに、コノハナノサクヤは、戸口《とぐち》のない産屋《うぶや》に火《ひ》をつけた。

「わが子《こ》よ、無事《ぶじ》に生《う》まれよ！」

コノハナノサクヤは、炎《ほのお》が燃《も》えさかっている中《なか》で、子《こ》を生《う》んだ。赤子《あかご》は三人《にん》で、どの子《こ》も元気《げんき》な産声《うぶごえ》をあげた。

「これで、証《あか》されたわ！」

コノハナノサクヤは高《たか》らかに叫《さけ》んだ。燃《も》えさかる炎《ほのお》の中《なか》で、なにごともなく、三人《にん》が生《う》まれたことにより、天《あま》つ神《かみ》の子《こ》であることが、証明《しょうめい》されたからである。

「おおっ。」

コノハナノサクヤが三人《にん》の子《こ》を抱《だ》いて、燃《も》える産屋《うぶや》からあらわれてきたとき、ニニギはおどろいた。

「そうか。わたしの子《こ》だったのか。」

ニニギはあらためて、コノハナノサクヤが生《う》んだ三人《にん》の子《こ》が、自分《じぶん》の子《こ》であることを認《みと》めた。

はじめ炎《ほのお》が赤《あか》らんだときに生《う》まれた子《こ》は、火照命（ホデリノミコト）と名《な》づけられた。つぎに火炎《かえん》が盛《さか》りのときに生《う》まれた子《こ》は、火須勢理命（ホスセリノミコト）と名《な》づけられた。そして、炎《ほのお》がややおとろえてきたときに生《う》まれた三人目《にんめ》の子《こ》は、火遠理命（ホオリノミコト）と名《な》づけられた。この三子《し》は、火《ひ》も害《がい》することができなかったのである。

十四 海幸彦《うみさちびこ》ホデリと山幸彦《やまさちびこ》ホオリ

ホデリ
ホオリ
塩椎神《シオツチノカミ》
綿津見神《ワタツミノカミ》
豊玉毘売《トヨタマビメ》

兄《あに》のホデリノミコトは、海幸彦《うみさちびこ》として、大《おお》きな魚《さかな》や小《ちい》さな魚《さかな》など、海《うみ》の獲物《えもの》を取《と》って暮《く》らしていた。

そして弟《おとうと》のホオリノミコトは、山幸彦《やまさちびこ》として、毛《け》の粗《あら》い獣《けもの》や、毛《け》の柔《やわ》らかい獣《けもの》を取《と》って暮《く》らしていた。

あるとき、ホオリが兄《あに》のホデリに言《い》った。

「兄《にい》さん、おたがいの道具《どうぐ》を取《と》り替《か》えて使《つか》ってみませんか。わたしの弓矢《ゆみや》を兄《にい》さんに貸《か》しま

すから、兄《にい》さんは釣《つ》り針《ばり》を貸《か》してください。」

ホデリは首《くび》をふった。

「いやだ。取《と》り替《か》えたくない。」

ホオリは三度《ど》たのんだが、ホデリはかたくなに拒《こば》んだ。

「いやだと言《い》ったら、いやだ。」

ホオリはめげずに、食《く》いさがった。

「お願《ねが》いです、兄《にい》さん。」

「ううむ、そこまでおまえが言《い》うのなら、たのみを聞《き》いてやるか。」

ホデリは、とうとう折《お》れて、やっと取《と》り替《か》えることを承諾《しょうだく》した。


「ようし、わたしも海《うみ》の魚《さかな》を釣《つ》るぞ。」

ホオリはいきごんで、海《うみ》の獲物《えもの》を取《と》る道具《どうぐ》を使《つか》って、魚《さかな》を釣《つ》ろうとしてみた。けれど、まったく一匹《ぴき》の魚《さかな》も釣《つ》れなかった。さらに悪《わる》いことに、釣《つ》り針《ばり》をなくしてしまった。

「しまったぞ。」

ホオリが気落《きお》ちしているところへ、兄《あに》のホデリがやってきた。

「いかん、いかん。山《やま》の獲物《えもの》も、海《うみ》の獲物《えもの》も、やはり使《つか》い慣《な》れている、自分《じぶん》の道具《どうぐ》でなければ、うまく取《と》れないぞ。もう、取《と》り替《か》えはやめだ。もとどおりにしよう。」

ホオリはこまった顔《かお》で、言《い》った。

「ごめんなさい、兄《にい》さん。魚《さかな》を釣《つ》ろうとしていたとき、一匹《ぴき》も釣《つ》れないで、釣《つ》り針《ばり》を海《うみ》の中《なか》に落《お》としてしまいました。ゆるしてください。」

「なにっ！」

ホデリは怒《おこ》った。

「ゆるすものか。さあ、たったいま、返《かえ》せ。」

「でも……。」

「返《かえ》せといったら、返《かえ》せ！」

ホオリはこまってしまい、腰《こし》につけていた剣《つるぎ》を折《お》り、五百もの釣《つ》り針《ばり》をつくって、ホデリに差《さ》し出《だ》した。

「兄《にい》さん、これでゆるしてください。」

ホデリは首《くび》をふった。

「そんなもの、受《う》け取《と》れるか。」

ホオリは、さらに千の釣《つ》り針《ばり》をつくって、差《さ》し出《だ》したが、ホデリはがんとして、受《う》け取《と》らなかった。

「偽《にせ》の釣《つ》り針《ばり》など、いらん。もとの釣《つ》り針《ばり》を返《かえ》せ。」


追《お》いつめられたホオリは、海辺《うみべ》に出《で》て、泣《な》いて嘆《なげ》いた。

「もう、どうすればいいのか、わからない……。」

すると、そのとき、潮《しお》をつかさどる塩椎神（シオツチノカミ）が来《き》て、たずねた。

「おや、おや。これはどうしたことでしょう。たっとくも日《ひ》の神《かみ》の御子《みこ》ともあろう方《かた》が、なにを嘆《なげ》いておられるのか？」

ホオリはこたえた。

「わたしの弓矢《ゆみや》と兄《あに》の釣《つ》り針《ばり》を取《と》り替《か》えたのですが、わたしは兄《あに》の釣《つ》り針《ばり》を海《うみ》に落《お》としてしまいました。兄《あに》はそれを返《かえ》せと言《い》うので、たくさんの釣《つ》り針《ばり》をつくって、返《かえ》そうとしたのですが、受《う》け取《と》ってくれません。『やはり、もとの釣《つ》り針《ばり》を返《かえ》せ。』と言《い》って、わたしを責《せ》めるのです。それで、わたしは悲《かな》しくて、泣《な》いていたのです。」

シオツチノカミは、ホオリをなぐさめるように言《い》った。

「そんなに、嘆《なげ》かれますな。わたしが、あなたさまのために、よい手立《てだ》てを考《かんが》えてみましょう。」

シオツチノカミは、すぐに竹《たけ》をこまかく編《あ》んで、隙間《すきま》のない籠《かご》をつくり、小舟《こぶね》とした。

「さあ、この舟《ふね》に乗《の》りなさい。」

シオツチノカミは、ホオリに言《い》った。

「これに乗《の》るのですか?」

「ええ。」

ホオリは、すなおに小舟《こぶね》に乗《の》った。すると、シオツチノカミは言《い》った。

「わたしがこの舟《ふね》を押《お》したら、しばらくそのまま行《い》きなさい。よい潮路《しおじ》があるでしょうから、それに乗《の》っていけば、ずらりとつらなった宮《みや》があるはずです。それが綿津見神(ワタツミノカミ)の宮《みや》です。その神《かみ》の御門《ごもん》に着《つ》くと、そばの泉《いずみ》のほとりに、神聖《しんせい》な桂《かつら》の木《き》があります。その木《き》の上《うえ》にのぼって、お待《ま》ちなさい。そうすれば、海《うみ》の神《かみ》の娘《むすめ》が、あなたさまを見《み》つけて、よいふうにはからってくれるでしょう。」

そこで、ホオリは小舟《こぶね》に乗《の》って、流《なが》れのままにまかせた。やがて、シオツチノカミの言葉《ことば》どおり、海《うみ》の神《かみ》の宮《みや》にたどりついた。

「あれか、桂《かつら》の木《き》は。」

ホオリは、泉《いずみ》のほとりに生《は》えている桂《かつら》の木《き》にのぼって、待《ま》つことにした。

そこに、海《うみ》の神《かみ》の娘《むすめ》である豊玉毘売（トヨタマビメ）の侍女《じじょ》が、玉器《たまもい》を持《も》ってあらわれ、泉《いずみ》の水《みず》をくもうとして、泉《いずみ》に光《ひかり》が映《うつ》った。

「あら。」

侍女《じじょ》はふりあおいで、おどろいた。桂《かつら》の木《き》の上《うえ》に、光《ひか》り輝《かがや》く青年《せいねん》がいたのだ。

「なんて、ふしぎなこと。」

侍女《じじょ》が思《おも》ったとき、ホオリは言《い》った。

「その水《みず》をくれないか。」

侍女《じじょ》はすぐに水《みず》を汲《く》んで、器《うつわ》に入《い》れて、差《さ》し上《あ》げた。ホオリは、その水《みず》を飲《の》まずに、首《くび》に

かけた珠飾《たまかざ》りをほどいて、口《くち》にふくんで、珠《たま》をその器《うつわ》に吐《は》き入《い》れた。すると、珠《たま》は器《うつわ》にくっついてしまい、はがせなくなった。

侍女《じじょ》は、珠《たま》をつけたまま、トヨタマビメに差《さ》し出《だ》した。

「これは。」

トヨタマビメは、その珠《たま》を見《み》て、侍女《じじょ》にたずねた。

「もしや、どなたかが、門《もん》の外《そと》におられるのですか？」

侍女《じじょ》はこたえた。

「ええ。泉《いずみ》のほとりの桂《かつら》の木《き》の上《うえ》に、いらっしゃいます。それはそれはうるわしいお方《かた》でございます。われらの王《おう》さまにも勝《まさ》って、たいそう高貴《こうき》なお姿《すがた》で、そのお方《かた》が水《みず》を求《もと》められましたので、差《さ》し上《あ》げましたところ、この珠《たま》をお吐《は》きになりました。取《と》ろうとしても、取《と》れませぬ。そこで、珠《たま》を入《い》れたまま、お持《も》ちいたしました。」

トヨタマビメはふしぎなことだと思《おも》いながら、外《そと》に出《で》ていった。

「まあ！」

トヨタマビメは、ホオリを見《み》て、息《いき》をのんだ。

「なんて素敵《すてき》な方《かた》かしら。」

すっかりホオリに見惚《みほ》れてしまったトヨタマビメは、父《ちち》の海《うみ》の神《かみ》のところに行《い》って言《い》った。

「父上《ちちうえ》。門《もん》の前《まえ》に、うるわしいお方《かた》がいらしています。」

「なに？」

海《うみ》の神《かみ》は外《そと》に出《で》ていき、桂《かつら》の木《き》の上《うえ》にいるホオリを見《み》て、おどろいた。

「これは、これは、日《ひ》の神《かみ》の御子《みこ》ではございませぬか。」

海《うみ》の神《かみ》は、すぐにホオリをうやうやしく招《まね》き入《い》れた。

「どうぞ、御子《みこ》。中《なか》へお入《はい》りください。」

アシカの皮《かわ》の敷物《しきもの》を八重《じゅう》に重《かさ》ねて敷《し》き、その上《うえ》に、絹《きぬ》の敷物《しきもの》をさらに八重《じゅう》に敷《し》いて、ホオリを、その上《うえ》にすわらせた。

「さ、さ。おくつろぎください。」

海《うみ》の神《かみ》は、たくさんの珍《めずら》しい、おいしいご馳走《ちそう》をならべて、ホオリを歓待《かんたい》した。そして、ためらうことなく、娘《むすめ》のトヨタマビメとの婚姻《こんいん》の式《しき》を、盛大《せいだい》にあげさせた。

十五 ホオリ、海《うみ》の宝《たから》で、兄《あに》をこらしめる

ホオリ
トヨタマビメ
ワタツミノカミ

海《うみ》の神《かみ》の宮殿《きゅうでん》で、ホオリは、いごこちのよさに、すっかり満足《まんぞく》していた。

「いいところだ、ここは。」

そうして、ホオリがこの海《うみ》の国《くに》に住《す》みついてから、はや三年《ねん》の月日《つきひ》が、矢《や》のように過《す》ぎていった。

「それにしても、長《なが》いときが過《す》ぎたものだな……。」

ある晩《ばん》、ホオリは、なぜ、ここに住《す》むことになったのか、そのいきさつを思《おも》いだして、ふうっと、ため息《いき》をもらした。

「あら。」

トヨタマビメは、ホオリのため息《いき》を聞《き》いて、不安《ふあん》になった。


「父上《ちちうえ》。」

トヨタマビメは父《ちち》に言《い》った。

「日《ひ》の神《かみ》の御子《みこ》が、ここにお住《す》みになって、三年《ねん》になります。その間《かん》、嘆《なげ》かれたことなど一《いち》度《ど》もありませんでした。ところが、昨夜《さくや》は、たいそうなため息《いき》をつかれました。もしや、なにかわけがあるのでございましょうか？」

「そうか。では、わしが聞《き》いてみよう。」

海《うみ》の神《かみ》は、心配《しんぱい》そうなトヨタマビメを見《み》て、言《い》った。


「婿《むこ》どの。」

海《うみ》の神《かみ》はホオリにたずねた。

「今朝《けさ》、娘《むすめ》の話《はなし》を聞《き》いたところ、いつもは、ついぞ嘆《なげ》かれることなどなかったのに、昨夜《さくや》は、長《なが》いため息《いき》をつかれたとか。もしや、なにかわけがあるのでございましょうか？」

ホオリは、海《うみ》の神《かみ》を見《み》つめた。

「ため息《いき》のわけですか……。」

ホオリは、しばらく考《かんが》えたあと、話《はな》しだした。海《うみ》になくした兄《あに》の釣《つ》り針《ばり》のこと、それを兄《あに》に責《せ》められて、こまりはてたことなどを、つぶさに話《はな》した。

「さようでございましたか。」

海《うみ》の神《かみ》はすぐに、海《うみ》にいる大小《だいしょう》の魚《さかな》をすべて呼《よ》びだした。

「おまえたちのなかで、もしや、御子《みこ》の釣《つ》り針《ばり》を取《と》ったものがいるのではないか。もし、そうなら、正直《しょうじき》に言《い》ってくれ。」

すると、魚《さかな》たちが口々《くちぐち》に言《い》った。

「いまここに鯛《たい》はいませんが、このごろ、鯛《たい》はのどにとげが刺《さ》さって、ものが食《た》べられなくなったと、嘆《なげ》いておりました。」

「きっと、鯛《たい》が取《と》ったのでございましょう。」

「そうです、鯛《たい》です。」

海《うみ》の神《かみ》はうなずいて、言《い》った。

「鯛《たい》を呼《よ》べ。」

鯛《たい》がやってきたので、さっそく、のどを調《しら》べさせてみると、きらりと光《ひか》る釣《つ》り針《ばり》が刺《さ》さっていた。

「おう、ここに針《はり》があったか。」

海《うみ》の神《かみ》はすぐに鯛《たい》ののどから釣《つ》り針《ばり》を取《と》り出《だ》した。それを洗《あら》い清《きよ》めてから、海《うみ》の神《かみ》はホオリにそれをわたした。

「どうぞ、御子《みこ》。」

ホオリはよろこんだ。

「おお、なくしたと思《おも》っていたが、あったのか。」

海《うみ》の神《かみ》は、ホオリに、こう教《おし》えた。

「よいですかな、御子《みこ》。この釣《つ》り針《ばり》を兄君《あにぎみ》にお返《かえ》しなされるときには、こう申《もう》されますように。『この釣《つ》り針《ばり》は、ふさぎの釣《つ》り針《ばり》、猛《たけ》りの釣《つ》り針《ばり》、貧《まず》しの釣《つ》り針《ばり》、役立《やくた》たずの釣《つ》り針《ばり》。』と、となえてから、後《うし》ろ手《で》におあたえなさい。」

ホオリは、変《か》わった言葉《ことば》だなと思《おも》いながら、釣《つ》り針《ばり》を受《う》け取《と》った。海《うみ》の神《かみ》はさらに、こう言《い》った。

「兄君《あにぎみ》が高地《こうち》に田《た》をおつくりになったら、御子《みこ》は低地《ていち》に田《た》をおつくりなさい。水《みず》をつかさどるのは、このわたくしの役目《やくめ》なので、三年《ねん》のあいだは、兄君《あにぎみ》の田《た》は収穫《しゅうかく》がなく、貧《まず》しくなれるでしょう。そのとき、兄君《あにぎみ》が御子《みこ》にうらみを抱《いだ》いて、弓矢《ゆみや》で攻《せ》めてきたなら、この塩盈《しおみつ》珠《たま》を出《だ》して、溺《おぼ》れさせてしまいなさい。もしも、兄君《あにぎみ》が嘆《なげ》いて、ゆるしを求《もと》めてこられたなら、塩乾珠《しおふるたま》を出《だ》して、ゆるしてさしあげなさい。そうやって、よこしまな兄君《あにぎみ》をこらしめておやりなさい。」

海《うみ》の神《かみ》は、そう告《つ》げて、海《うみ》の宝物《たからもの》である塩盈珠《しおみつたま》と塩乾珠《しおふるたま》を、ホオリにさずけた。

それから、海《うみ》の神《かみ》はサメを集《あつ》めた。

「いま、日《ひ》の神《かみ》の御子《みこ》が、上《うわ》つ国《くに》へおもどりになる。そなたら、いったい何日《なんにち》で、御子《みこ》をお送《おく》りできるか、教《おし》えてくれ。」

すると、それぞれが自分《じぶん》の身《み》の丈《たけ》にあわせて、日数《にっすう》を言《い》った。そのとき、一頭《とう》のサメが言《い》った。

「わたくしは、一日《にち》でお送《おく》りして、もどってきます。」

「おお、そうか。」

海《うみ》の神《かみ》はうなずいた。

「それならば、そなたがお送《おく》りしてさしあげよ。ただし、海《うみ》をわたるときには、御子《みこ》にこわい思《おも》いをさせてはならぬぞ。」

「かしこまりました。」

海《うみ》の神《かみ》は、ホオリをそのサメの背中《せなか》に乗《の》せて、海《うみ》へ送《おく》り出《だ》した。サメは、その言葉《ことば》どおり、一日《にち》で、陸《りく》に着《つ》いた。

「それでは、御子《みこ》。ご無事《ぶじ》で。」

サメが帰《かえ》ろうとしたとき、ホオリは呼《よ》びとめた。

「待《ま》ちなさい。」

ホオリは紐《ひも》つきの懐剣《かいけん》をほどき、サメの背中《せなか》に結《むす》びつけて言《い》った。

「そなたには、たいそう世話《せわ》になった、ありがとう。」

「いいえ、御子《みこ》。もったいないことです。」

りっぱな贈《おく》り物《もの》をもらって、サメは大《おお》よろこびして、海《うみ》にもどっていった。


ホオリは陸《りく》にもどると、さっそく兄《あに》のホデリを呼《よ》びだした。

「兄《にい》さん、針《はり》を見《み》つけました。」

ホデリはおどろいた。

「なんだ、見《み》つけるのに、えらく長《なが》くかかったな。まあ、いい。さあ、返《かえ》せ。」

ホオリは、海《うみ》の神《かみ》が教《おし》えたとおりにしようとした。

「――この釣《つ》り針《ばり》は、ふさぎの釣《つ》り針《ばり》、猛《たけ》りの釣《つ》り針《ばり》、貧《まず》しの釣《つ》り針《ばり》、役立《やくた》たずの釣《つ》り針《ばり》。」

そう、となえてから、釣《つ》り針《ばり》を後《うし》ろ手《で》にして、ホデリにわたしたのだ。

「なんだ、その、わけのわからん言葉《ことば》と、その態度《たいど》は。」

ホデリは、気《き》に入《い》らないといった顔《かお》をしたが、それでも、釣《つ》り針《ばり》を受《う》け取《と》って、しげしげと見《み》やった。

「うん、これだ。おれの釣り針《つばり》だ。」

ホデリは、釣り針《つばり》を手《て》にして、家《いえ》に帰《かえ》っていった。

「うまくいった。」

ホオリも、山《やま》の家《いえ》へもどっていった。


しかし、その日《ひ》から、ホデリは、やること、なすこと、すべてがうまくいかなくなった。魚《さかな》も取《と》れず、田《た》の収穫《しゅうかく》もなく、ホデリは、日《ひ》に日《ひ》に、貧《まず》しくなっていった。

「なんで、こんなことになったのか。」

ホデリは、弟《おとうと》のホオリを憎《にく》んだ。

「みんな、ホオリのせいだ。あいつが悪《わる》いから、おれが貧《まず》しくなったのだ。ゆるさん。」

ホデリは弟《おとうと》をうらみ、弓矢《ゆみや》を構《かま》えて、攻《せ》めようとした。

「兄《にい》さんが、攻《せ》めてきたか。」

ホオリは、海《うみ》の神《かみ》にさずけられた塩盈珠《しおみつたま》を取《と》り出《だ》して、それをホデリに向《む》けた。すると、珠《たま》から、どうっと水《みず》があふれ出《だ》してきた。

「あっ！」

あふれてくる水《みず》に、たちまちホデリは溺《おぼ》れてしまった。

「たすけてくれっ、ホオリっ！」

ホデリは弟《おとうと》に、たすけを求《もと》めて、叫《さけ》んだ。

「では、たすけてあげましょう。」

ホオリは、今度《こんど》は塩乾珠《しおふるたま》を取《と》り出《だ》して、溺《おぼ》れているホデリに向《む》けた。すると、水《みず》はたちまち、すうっと引《ひ》いていった。

「ふうっ、おかげで、たすかった。」

命《いのち》びろいをしたホデリは、ホオリに頭《あたま》をさげて、あやまった。

「弟《おとうと》よ、おれが悪《わる》かった。これから、おれは、そなたの昼夜《ちゅうや》の守《まも》り人《びと》となって、つかえることにしよう。」

十六 見《み》ないでください

ホオリ
トヨタマビメ
鵜葺草《ウガヤ》葺不合命《フキアエズノミコト》
玉依《タマヨリ》毘売《ビメ》

海《うみ》の神《かみ》の娘《むすめ》、トヨタマビメがみずから陸《りく》に上《あ》がって、ホオリのもとへやってきた。

「わたくし、あなたさまのお子《こ》を妊娠《にんしん》しております。」

トヨタマビメはホオリに告《つ》げた。

「えっ。わたしの子《こ》を？」

ホオリはおどろいて、たずねた。

「ええ。まちがいなく、あなたさまのお子《こ》です。」

豊玉《トヨタマ》毘売《ビメ》

トヨタマビメは、キラキラと黒《くろ》いひとみを輝《かがや》かせて、言《い》った。

「でも、これから生《う》もうというときに、天《あま》つ神《かみ》の御子《みこ》を、海《うみ》の中《なか》で生《う》むわけにはまいりません。そこで、あなたさまのところへやって参《まい》りました。」

「わかった。では、産屋《うぶや》をつくろう。」

ホオリは、海辺《うみべ》のなぎさに、*1鵜《う》の羽《はね》で屋根《やね》を葺《ふ》いて、産屋《うぶや》をこしらえようとした。ところが、屋根《やね》をまだ鵜《う》の羽《はね》ですべて葺《ふ》き終《お》えないうちに、トヨタマビメに出産《しゅっさん》の痛《いた》みがさしせまってきた。

「わたくし、いまから産屋《うぶや》に入《はい》ります。」

トヨタマビメは、ホオリに言《い》った。

「しかし、まだ屋根《やね》ができていない。」

「かまいません。」

トヨタマビメは、産屋《うぶや》に入《はい》ろうとしたとき、ホオリの顔《かお》を見《み》て、言《い》った。

「およそ他国《たこく》から来《き》た母《はは》は、子《こ》を生《う》むときは、自分《じぶん》の国《くに》での姿《すがた》になって、生《う》みます。ですから、わたくしも、もとの姿《すがた》になって、生《う》みます。お願《ねが》いですから、わたくしを見《み》ないでください。」

ホオリは、その言葉《ことば》をふしぎに思《おも》いながらも、うなずいた。

「わかった。見《み》ない。」

「きっと、ですよ。」

「約束《やくそく》する。」

トヨタマビメは安心《あんしん》した顔《かお》になり、産屋《うぶや》に入《はい》って、扉《とびら》を閉《し》めた。

どうなっているのだろう。ホオリは不安《ふあん》な気持《きも》ちになって、産屋《うぶや》の外《そと》で、子《こ》が生《う》まれるのを待《ま》った。そのとき、産屋《うぶや》の中《なか》から、なにかが暴《あば》れるような音《おと》が聞《き》こえてきた。

なんだ、あの音《おと》は？

ホオリは、鵜《う》の羽《はね》でまだ葺《ふ》き終《お》えていない屋根《やね》に上《あ》がって、すきまから、トヨタマビメがまさに子《こ》を生《う》もうとしているさまを、こっそりとのぞき見《み》た。

「あっ！」

ホオリは息《いき》も止《と》まるほど、おどろいた。

＊1　鵜《う》……首《くび》が細長《ほそなが》く、全身《ぜんしん》が黒《くろ》い水鳥《みずとり》。海岸《かいがん》や沼《ぬま》、湖《みずうみ》の近《ちか》くに群《む》れで暮《く》らし、水《みず》にもぐって魚《さかな》を取《と》る。

しぐさが上品《じょうひん》で、目鼻立《めはなだ》ちのうつくしい、色白《いろじろ》のトヨタマビメが、見《み》るもおそろしげな、大《おお》きなサメの姿《すがた》になって、太《ふと》い尾《お》をバタバタとふって、腹《はら》ばいになり、苦《くる》しげに床《ゆか》をのたうちまわっていたのだ。

「もとの姿《すがた》とは、あんな姿《すがた》だったのか！」

ホオリはふるえおののき、屋根《やね》から飛《と》び降《お》りて、産屋《うぶや》から走《はし》り逃《に》げようとした。その音《おと》を聞《き》いて、トヨタマビメはくやしがった。

「あんなに見《み》ないでと言《い》ったのに、約束《やくそく》を破《やぶ》ったのですね。」

トヨタマビメは、その場《ば》で子《こ》を生《う》んだが、サメの姿《すがた》をホオリに見《み》られたことを、恥《は》ずかしく思《おも》った。

「これからは海《うみ》の道《みち》を通《とお》って、この国《くに》と行《い》き来《き》しようと思《おも》っていました。でも、それもかなわなくなりました。あなたさまが、わたくしのもとの姿《すがた》をのぞき見《み》られたからです。わたくしは、もはや、あなたさまに会《あ》うことができません。」

トヨタマビメは、生《う》んだ子《こ》を産屋《うぶや》に置《お》いたまま、海《うみ》の世界《せかい》と葦原《あしはら》の中《なか》つ国《くに》を区切《くぎ》っている境界《きょうかい》の坂《さか》をふさいで、涙《なみだ》を流《なが》しながら、自分《じぶん》の国《くに》へと帰《かえ》っていった。

トヨタマビメの子《こ》は、鵜《う》の羽《はね》が葺《ふ》き終《お》えていないときに生《う》まれたことから、鵜葺草葺不合命（ウガヤフキアエズノミコト）と名付《なづ》けられた。

海《うみ》にもどったトヨタマビメは、約束《やくそく》を守《まも》らずに、産屋《うぶや》をのぞき見《み》たホオリをうらみはしたものの、恋《こい》しく思《おも》う気持《きも》ちは、おさえきれなかった。

「お会《あ》いしとうございます、ホオリさま……。」

そこで、御子《みこ》の養育《よういく》をたくそうと、妹《いもうと》の玉依毘売（タマヨリビメ）を、ホオリのもとへ送《おく》りとどけた。そのときに、ホオリへの恋《こい》しい気持《きも》ちも歌《うた》にして、とどけた。

――赤玉《あかだま》は　緒《お》さえ光《ひか》れど　白玉《しらたま》の　君《きみ》が装《よそい》し　貴《とうと》くありけり

（赤玉《あかだま》はそれを通《とお》した緒《お》までも、うつくしく光《ひか》りますが、白玉《しらたま》のようなあなたの姿《すがた》は、さらにうつくしく、素敵《すてき》です。）

「すまぬ、トヨタマビメ。そなたとの約束《やくそく》を守《まも》って、見《み》なければ、よかったのに。わたしが悪《わる》かった。」
ホオリは、約束《やくそく》を守《まも》ることができなかった自分《じぶん》を深《ふか》く反省《はんせい》して、トヨタマビメに、歌《うた》でこたえた。

――沖《おき》つ鳥《とり》　鴨著《かもど》く島《しま》に　我《わ》が率寝《いね》し　妹《いも》は忘《わす》れじ　世《よ》の悉《ことごと》に
（鴨《かも》の寄《よ》りつく島《しま》で、わたしと共寝《ともね》をした妻《つま》のことは、一生忘《いっしょうわす》れはしない。）

ホオリとトヨタマビメの子《こ》、ウガヤフキアエズは、のちに、乳母《うば》として自分《じぶん》を育《そだ》ててくれた叔母《おば》のタマヨリビメと結婚《けっこん》した。
そして、生《う》まれた四人《にん》の子《こ》が、五瀬命（イツセノミコト）、つぎに、稲氷命（イナヒノミコト）、御毛沼命（ミケヌノミコト）、さらに、若御毛沼命（ワカミケヌノミコト）、またの名《な》は、神倭伊波礼毘古命（カムヤマトイワレビコノミコト）である。

十七 神武天皇《じんむてんのう》、東征《とうせい》する

イワレビコ
イツセ
タケミカヅチ

さて、四男《なん》のイワレビコと、長男《ちょうなん》のイツセは、高千穂《たかちほ》の宮《みや》で、話《はな》しあった。

「天下《てんか》のまつりごとを平和《へいわ》におこなうためには、どこの地《ち》にいるべきでしょうか？」

イワレビコがたずねると、イツセがこたえた。

「やはり、東《ひがし》へ行《い》くべきではないか。」

そこで、ふたりは日向《ひむか》から出発《しゅっぱつ》して、筑紫《ちくし》へ向《む》かった。

とちゅうの豊国《とよくに》の宇佐《うさ》というところで、宇沙都比古（ウサツヒコ）、宇沙都比売（ウサツ

神倭伊波礼毘古命《カムヤマトイワレビコノミコト》

ヒメ）という土地《とち》の者《もの》が、宮《みや》をつくって、食事《しょくじ》をととのえ、ていちょうにもてなした。

それから、筑紫《ちくし》の岡田宮《おかだのみや》に一年《ねん》、安芸《あき》の国《くに》の多祁理宮《たけりのみや》に七年《ねん》いた。そこから、吉備《きび》の高島宮《たかしまのみや》に八年《ねん》いた。

その国《くに》から船《ふね》に乗《の》って、東《ひがし》へ向《む》かっていったとき、[*1]**亀の甲**《かめのこう》に乗《の》って釣《つ》りをしている者《もの》に出会《であ》った。

「おまえは、だれか。」

イワレビコがたずねると、その者《もの》はこたえた。

「わたしは国《くに》つ神《かみ》です。名《な》は、珍彦（ウズヒコ）と申《もう》します。」

「そなたは、海《うみ》の道《みち》を知《し》っているか。」

ウズヒコはこたえた。

「はい、よく知《し》っております。」

「われらに従《したが》って、水先《みずさき》をつとめてくれるか。」

ウズヒコはうなずいた。

＊1 亀《かめ》の甲《こう》……亀《かめ》の甲羅《こうら》のこと。亀《かめ》の背《せ》。

「それでは、つかえさせていただきます。」

イワレビコは棹《さお》をさしわたして、船《ふね》に引《ひ》き入《い》れた。そして、槁根津日子（サオネツヒコ）という名《な》をあたえた。

その国《くに》からさらに上《あ》がっていき、浪速《なにわ》（摂津《せっつ》の海《うみ》）のわたりを越《こ》えて、青雲《あおくも》の白肩津《しらかたのつ》に停《てい》泊《はく》した。

このとき、登美能那賀須泥毘古（トミノナガスネビコ）が、軍勢《ぐんぜい》をひきいて待《ま》ちかまえていて、戦《いくさ》をしかけてきた。

「なにが、天《てん》の御子《みこ》だ。血祭《ちまつ》りにあげてやる。」

イワレビコとイツセは、船《ふね》に入《い》れてあった盾《たて》を取《と》って、迎《むか》え討《う》とうとした。しかし、戦《たたか》いのさなか、イツセは、手《て》をナガスネビコの矢《や》に射《い》られてしまった。

「口惜《くちお》しいぞ。」

イツセはイワレビコに言《い》った。

「われらは、日《ひ》の神《かみ》の子《こ》。だから、日《ひ》に向《む》かって戦《たたか》うのは、よくなかったのだ。そのため、卑《いや》しいやつの矢《や》を、はからずも受《う》けてしまった。これからは、道《みち》を迂回《うかい》して、背《せ》に日《ひ》を受《う》けて戦《たたか》おう。」

「わかりました、兄上《あにうえ》。」

そこで、一行《いっこう》は南《みなみ》へ迂回《うかい》した。そのときに、血沼海《ちぬのうみ》で、イツセは傷《きず》ついた手《て》を洗《あら》った。そこから紀伊国《きいのくに》の男之水門《おのみなと》に着《つ》いたが、イツセの傷《きず》はひどくなるばかりだった。

「兄上《あにうえ》、しっかりしてください。」

イワレビコははげましたが、イツセは、ついに、天《てん》を仰《あお》いで叫《さけ》んだ。

「無念《むねん》だ！　卑《いや》しいやつに傷《きず》を負《お》わされて、死《し》ぬとは！」

そして、息《いき》をひきとった。

「兄上《あにうえ》っ！」

イワレビコは泣《な》いて、誓《ちか》った。

「きっと、仇《かたき》はとります。ナガスネビコを討《う》ち果《は》たします。」

イツセをとむらったあと、イワレビコは兵《へい》をひきつれて、進軍《しんぐん》し、やがて熊野《くまの》の村《むら》にたどりついた。

「おや？」

一頭《とう》の巨大《きょだい》な熊《くま》が、ぬっとあらわれ、すぐに隠《かく》れたのだ。

とたん、どういうわけか、イワレビコは邪悪《じゃあく》な毒気《どくけ》にあてられたかのように、ぶるっと身《み》ぶるいして、正気《しょうき》を失《うしな》って倒《たお》れてしまった。

「御子《みこ》っ！　いかがなされたのですか。」

まわりはおどろいたが、イワレビコにひきいられていた兵《へい》たちも、すぐ同《おな》じように、正気《しょうき》を失《うしな》って、ばたばたと倒《たお》れていった。

そこへ、熊野《くまの》の高倉下（タカクラジ）という者《もの》が、ひとふりの太刀《たち》を持《も》って、イワレビコの横《よこ》たわっているところへやってきた。

「御子《みこ》よ、この太刀《たち》をおささげいたします。」

イワレビコは、はっと目覚《めざ》め、正気《しょうき》を取《と》りもどして、起《お》き上《あ》がった。

「はて、長《なが》いこと、寝《ね》てしまっていたようだ。」

太刀《たち》を受《う》け取《と》ったイワレビコは、鞘《さや》から太刀《たち》を抜《ぬ》き、空《そら》にかかげた。

刃《は》がきらきらと輝《かがや》きわたった瞬間《しゅんかん》、熊野《くまの》の山《やま》に住《す》んでいた、荒《あ》れすさぶ神《かみ》たちは、その霊《れい》剣に斬られたかのように、ことごとく倒れていった。さらに、倒れ伏していたイワレビコの軍勢《ぐんぜい》も、正気《しょうき》を取《と》りもどして、みな立《た》ち上《あ》がった。

イワレビコは、タカクラジにたずねた。

「この太刀《たち》は、どうやって手《て》に入《い》れたのか。」

タカクラジはこたえた。

「わたくし、昨夜《さくや》、夢《ゆめ》を見《み》ました。アマテラスオオミカミとタカギノカミの二柱《ふたはしら》の神《かみ》が命令《めいれい》を下《くだ》されて、タケミカズチノカミを呼《よ》び出《だ》され、おおせられたのです。『葦原《あしはら》の中《なか》つ国《くに》は、ひどく騒《さわ》がしいようじゃ。わが御子《みこ》が悩《なや》み苦《くる》しんでおる。かの国《くに》は、なんじが鎮《しず》めた国《くに》であるから、なんじがくだれ。』すると、タケミカズチノカミは、こうおっしゃいました。『わたしが降《くだ》らなくとも、その国《くに》を平定《へいてい》した太刀《たち》があります。この太刀《たち》を降《お》ろすのが、よろしいかと。どのようにして降《お》ろすかといえば、タカクラジの倉《くら》の棟《むね》をうがって、その穴《あな》から落《お》とし入《い》れましょう。』それから、タケミカズチノカミは、わたくしのほうに向《む》き直《なお》られて、『なんじ、朝《あさ》に目覚《めざ》めたなら、その太刀《たち》をよく探《さが》して、それを天《あま》つ神《かみ》である御子《みこ》に、献上《けんじょう》せよ。』とおおせられたのです。そこで、夢《ゆめ》のお告《つ》げのままに、今朝《けさ》、倉《くら》の中《なか》を見《み》ると、その太刀《たち》があったので、御子《みこ》に献上《けんじょう》いたしました。」

イワレビコは、深《ふか》くうなずいた。

「そうであったか。」

その夜《よる》、イワレビコは夢《ゆめ》を見《み》た。夢《ゆめ》の中《なか》で、タカギノカミがこうさとした。

「天《あま》つ神《かみ》である御子《みこ》よ。ここから奥《おく》のほうに、すぐに分《わ》け入《い》っていかぬようにせよ。荒《あ》れすさぶ神《かみ》が多《おお》く待《ま》ちかまえているゆえ、[*2]**八咫烏《やたがらす》**をつかわす。八咫烏《やたがらす》がそなたの道《みち》しるべとなるであろう。」

夢《ゆめ》のあとイワレビコが立《た》ち上《あ》がると、空《そら》から、ふしぎな光《ひかり》を放《はな》つ八咫烏《やたがらす》が舞《ま》い降《お》りてきた。

「そなたが、八咫烏《やたがらす》か。われを導《みちび》いてくれ。」

イワレビコは、八咫烏《やたがらす》のあとをついていき、吉野川《よしのがわ》をわたり、山《やま》を踏《ふ》み越《こ》えて、宇陀《うだ》に着《つ》いた。

宇陀《うだ》では、兄宇迦斯（エウカシ）と弟宇迦斯（オトウカシ）の兄弟《きょうだい》が力《ちから》をふるっていた。

そこで、まずは八咫烏《やたがらす》をつかわして、ふたりに問《と》うた。

「天《あま》つ神《かみ》である御子《みこ》が来《こ》られたぞ。なんじら、おつかえいたすか。」

するとエウカシは、つかえるとも、つかえないともこたえず、そっぽを向《む》いてつぶやいた。

「ふん、こしゃくな。」

イワレビコからの使者《ししゃ》がやってくると、エウカシは、道《みち》のとちゅうで待《ま》ち受《う》けて、大《おお》きな音《おと》がする鏑矢《かぶらや》を放《はな》った。使者《ししゃ》は急《いそ》いで逃《に》げ帰《かえ》った。

「どうだ、使《つか》いを追《お》い返《かえ》したぞ。」

エウカシは、御子《みこ》の軍《ぐん》に対抗《たいこう》するために、兵《へい》を集《あつ》めようとした。しかし、御子《みこ》にさからうことを恐《おそ》れて、兵《へい》は集《あつ》まらなかった。

「ちっ、しょうがないな。」

エウカシは考《かんが》えた。

「ならば、御子《みこ》におつかえいたしますと、いつわって伝《つた》えよう。そのあと、だまして殺《ころ》してやる。」

エウカシは、大《おお》きな御殿《ごてん》をつくって、その中《なか》に、足《あし》を踏《ふ》み入《い》れると石《いし》が落《お》ちる罠《わな》をしかけて、御子《みこ》が到来《とうらい》するのを待《ま》ち受《う》けた。

そのとき、オトウカシが御子《みこ》のもとへやってきて、うやうやしく拝礼《はいれい》して、告《つ》げた。

「兄《あに》は、御子《みこ》のお使《つか》いを矢《や》で追《お》い返《かえ》し、攻撃《こうげき》のための兵《へい》を集《あつ》めようとしましたが、うまくいかず、そこで、御殿《ごてん》に罠《わな》をしかけて、御子《みこ》を殺《ころ》そうとしています。」

「さようか。」

イワレビコはうなずいた。

「よく、教《おし》えてくれたな。」

御子《みこ》に従《したが》っていた道臣命（ミチノオミノミコト）と大久米命（オオクメノミコト）が、御《み》子《こ》に言《い》った。

「われらに、おまかせください。」

ふたりは、エウカシを呼《よ》び寄《よ》せて、ののしった。

「きさまは、御子《みこ》のために御殿《ごてん》をつくって、おつかえしたいと申《もう》したな。それならば、きさまが先《さき》に入《はい》って、どのようにおつかえするつもりなのか、さあ、見《み》せてみろ！」

＊2 八咫烏《やたがらす》……中国《ちゅうごく》に伝《つた》わる、太陽《たいよう》の中《なか》にいるという三本足《ぼんあし》の赤色《あかいろ》の烏《からす》。ここでは、イワレビコが熊野《くまの》から倭《やまと》に入《はい》る険《けわ》しい道《みち》を案内《あんない》したという大烏《おおがらす》。

ミチノオミとオオクメは、太刀《たち》の柄《つか》をにぎり、矛《ほこ》をしごき、矢《や》をつがえて、エウカシを御《ご》殿《てん》に追《お》い入《い》れた。

「あっ！」

エウカシは、自分《じぶん》がつくった罠《わな》により、石《いし》に押《お》しつぶされて死《し》んだ。ミチノオミとオオクメは、エウカシの死体《したい》をひきずり出《だ》して、ばらばらに斬《き》り刻《きざ》んだ。

そこから、その地《ち》は『宇陀《うだ》の血原《ちはら》』と呼《よ》ばれるようになった。

「御子《みこ》。わたくしが、おつかえいたします。」

オトウカシは、御子《みこ》につかえるあかしとして、心《こころ》のこもった食事《しょくじ》をささげた。御子《みこ》は、その食事《しょくじ》をすべて兵士《へいし》たちにあたえた。

さらに、イワレビコの軍勢《ぐんぜい》は進《すす》んでいき、忍坂《おさか》の大《おお》きな室《むろ》＊3に着《つ》いた。そこには、尻《しり》に尾《お》の生《は》えた土雲（ツチグモ）という、猛々《たけだけ》しい者《もの》たちが大勢《おおぜい》、岩屋《いわや》にこもり、イワレビコを殺《ころ》そうと待《ま》ち受《う》けていた。

そこで、イワレビコは、まずツチグモに、ごちそうをふるまうことにした。そして、ひそかに料理人《りょうりにん》に太刀《たち》をあたえておいて、宴《うたげ》のさなか、「それっ。」という合図《あいず》とともに、その場《ば》で、ツチグモを討《う》ち果《は》たした。

そのあと、倭《やまと》へ向《む》かった。

「いよいよ、兄《あに》の仇《かたき》、ナガスネビコを討《う》つぞ。」

イワレビコは決意《けつい》していた。

その地《ち》は、邇芸速日命（ニギハヤヒノミコト）という者《もの》が治《おさ》めていたが、イワレビコのもとへ、はせ参《さん》じて言《い》った。

「いまよりは、日《ひ》の神《かみ》の御子《みこ》におつかえいたします。」

「たのもしいぞ。」

イワレビコは、ニギハヤヒを従《したが》え、日《ひ》を背《せ》にして、宿敵《しゅくてき》のナガスネビコとの戦《たたか》いにのぞんだ。しかし、ナガスネビコはしぶとく、かんたんには勝利《しょうり》を得《え》られなかった。

「うぬ、ナガスネビコめ。」

＊3 室《むろ》……建物《たてもの》のこと。

戦《たたか》いのさなか、とつぜん天《てん》が陰《かげ》って、氷雨《ひさめ》が降《ふ》った。

「おお！」

両軍《りょうぐん》が冷《つめ》たい雨《あめ》にさらされたとき、天《てん》から、金色《きんいろ》のトビが舞《ま》い降《お》りてきた。トビは光《ひか》り輝《かがや》きながら、御子《みこ》の弓《ゆみ》に止《と》まった。

すると、ナガスネビコの兵士《へいし》たちは、稲妻《いなずま》のように輝《かがや》くトビに、目《め》がくらみ、とまどい、戦《たたか》うことができなくなった。

「よし、攻《せ》めるのは、いまぞ！」

イワレビコは兵《へい》に命令《めいれい》した。そして、ついに、兄《あに》の仇《かたき》のナガスネビコは討《う》ち果《は》たされた。

こうして、東《ひがし》に勢力《せいりょく》を張《は》っていた荒《あ》れすさぶ者《もの》たちを平定《へいてい》したあと、イワレビコは、畝傍《うねび》の＊4**橿原宮《かしはらのみや》**に居《きょ》をかまえた。

そして、日本《にほん》の初代天皇《しょだいてんのう》、神武天皇《じんむてんのう》となって、天下《てんか》を治《おさ》めたと、『古事記《こじき》』は伝《つた》えている。

＊4 橿原宮《かしはらのみや》……イワレビコが造営《ぞうえい》し、神武天皇《じんむてんのう》として即位《そくい》したと伝《つた》えられる宮殿《きゅうでん》。明治時代《めいじじだい》になってから、その場所《ばしょ》とされるところに橿原神宮《かしはらじんぐう》が建《た》てられ、神武天皇《じんむてんのう》と媛蹈韛五十鈴媛皇后《ひめたたらいすずひめこうごう》がまつられている。

神武天皇《じんむてんのう》の東征《とうせい》

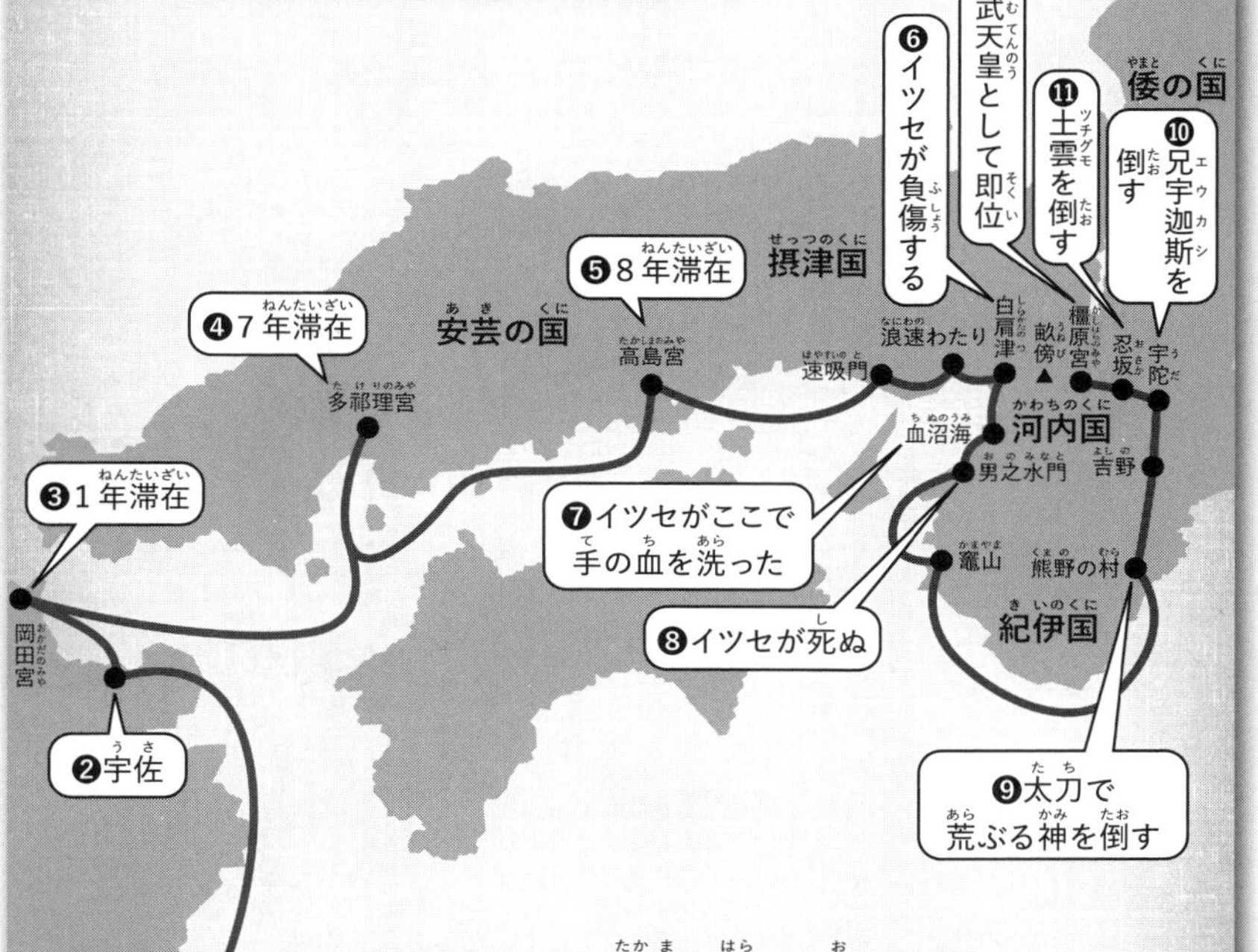

イワレビコは高天《たかま》が原《はら》から降《お》りてきたニニギノミコトの子孫《しそん》にあたり、橿原宮《かしはらのみや》をつくり神武《じんむ》天皇《てんのう》として天下《てんか》を治《おさ》めることになった、と「古《こ》事記《じき》」に記《しる》されています。イワレビコが兄《あに》イツセノミコトの仇《かたき》であるナガスネビコを討《う》ったのち、倭《やまと》を平定《へいてい》することを目指《めざ》して、戦《たたか》いながら東《ひがし》に進《すす》んでいったのが上《うえ》の図《ず》です。これを「神武天皇《じんむてんのう》の東征《とうせい》」と言《い》っています。

十八　ヤマトタケル、クマソを討《う》つ

小碓命《オウスノミコト》
倭比売《ヤマトヒメ》
熊曽建《クマソタケル》

神武《じんむ》天皇《てんのう》から、代々《だいだい》の天皇《てんのう》がつづいた。

そして、第《だい》十二代《だい》の景行天皇《けいこうてんのう》となった、大帯日子淤斯呂和気（オオタラシヒコオシロワケ）には、多《おお》くの子《こ》がいた。

なかでも、若帯日子命（ワカタラシヒコノミコト）、小碓命（オウスノミコト）、五百木之入日子命（イオキノイリヒコノミコト）の三人《にん》が、あとつぎの資格《しかく》を持《も》つ太子《たいし》の名《な》を負《お》っていた。

オウスには、大碓（オオウス）という兄《あに》がいた。

あるとき、オオタラシヒコは、*1**美濃の国**《みのくに》の大根王（オオネノミコ）の娘《むすめ》である、兄比売（エヒメ）、弟比売（オトヒメ）という、美女《びじょ》のほまれが高《たか》い姉妹《しまい》の名《な》を聞《き》き、すぐに召《め》し出《だ》そうと、オオウスに命《めい》じた。

「ふたりを連《つ》れて参《まい》れ。」

オオウスはうなずいた。

「はっ。かしこまりました。」

ところが、オオウスはふたりを見《み》て、うなった。

「なんと綺麗《きれい》な姉妹《しまい》か。むざむざ父《ちち》に差《さ》し出《だ》すのは、いかにも惜《お》しい。」

オオウスはふたりを自分《じぶん》の妻《つま》とした。そして、別《べつ》に探《さが》しだした姉妹《しまい》を、父《ちち》が求《もと》めていた姉《し》妹《まい》といつわって、献上《けんじょう》した。

「どうも、ちがうな。」

オオタラシヒコは、そのことを知《し》って、オオウスへの不信《ふしん》をつのらせた。そして、十六歳《さい》

*1 美濃《みの》の国《くに》……今《いま》の岐阜県《ぎふけん》の南部《なんぶ》

のオウスに言《い》った。

「おまえの兄《あに》は、なぜ朝夕《あさゆう》の食膳《しょくぜん》に顔《かお》を出《だ》さぬのか。それをあらためるように、おまえが、教《おし》えさとしなさい。」

オウスは、紅《べに》をぬったようにくちびるが赤《あか》く、やさしいおもざしで、見《み》ようによっては、少女《しょうじょ》に見《み》まちがえられるような姿《すがた》だった。

「父《ちち》は、食膳《しょくぜん》に顔《かお》を出《だ》さないことをとがめてはおられぬ。兄《あに》が、別《べつ》の姉妹《しまい》を差《さ》し出《だ》して、だましたことを、とがめておられるのだ。」

そう思《おも》いながら、オウスは、すなおにうなずいた。

「わかりました、父上《ちちうえ》。わたくしが、兄《あに》を教《おし》えさとします。」


しかし、五日《いつか》たっても、オオウスは朝夕《あさゆう》の食膳《しょくぜん》に出《で》てこようとしなかった。そこで、オオタラシヒコはオウスにたずねた。

「おまえの兄《あに》は、まだ出《で》て参《まい》らぬ。もしや、教《おし》えさとしていないのか？」

オウスはこたえた。

「いえ、ていねいに、わたしが教《おし》えさとしました。」

首《くび》をかしげて、オオタラシヒコは、オウスにたずねた。

「どのように、教《おし》えさとしたのか？」

オウスはうなずいて、さわやかにこたえた。

「明《あ》け方《がた》、兄《あに》が厠《かわや》に入《はい》ったとき、とっつかまえて、手足《てあし》を折《お》り、薦《こも》につつんで、投《な》げ捨《す》てました。」

「えっ！」

オオタラシヒコは身《み》ぶるいした。

愛《あい》らしい姿《すがた》にかかわらず、なんという、すさまじくも、荒々《あらあら》しい子《こ》か。手《て》もとに置《お》くには、末《すえ》おそろしい。この子《こ》は、どう扱《あつか》えば、いいのだろう？

あれこれと考《かんが》えたあげく、オオタラシヒコは、オウスに命《めい》じた。

「西《にし》のほうに、熊曽建（クマソタケル）がふたり、いる。これらは、朝廷《ちょうてい》に服従《ふくじゅう》せず、礼《れい》を知《し》らぬ者《もの》たちじゃ。なんじ、その者《もの》たちを討《う》ち取《と》ってまいれ。」

「わかりました。」

オウスは、叔母《おば》の倭比売命（ヤマトヒメノミコト）に会《あ》って、あいさつした。

「叔母上《おばうえ》、わたしは西《にし》へ行《い》きます。」

ヤマトヒメは、オウスに言《い》った。

「あの地《ち》の者《もの》は、たいそう猛々《たけだけ》しいと聞《き》いています。これをお持《も》ちなさい。」

ヤマトヒメは、オウスに、なぜか女《おんな》の着《き》る衣装《いしょう》をさずけた。オウスは、それを受《う》け取《と》り、西《にし》へ向《む》けて、出発《しゅっぱつ》した。このとき、オウスは、ひたいのところで、髪《かみ》を**ヒサゴ**[*2]の花《はな》のかたちに結《ゆ》っていた。


西《にし》へ、西《にし》へと向《む》かい、やがて、オウスはクマソタケルの館《やかた》に着《つ》いた。

まわりを屈強《くっきょう》な軍勢《ぐんぜい》が三重《みえ》にかこんでいる館《やかた》で、クマソタケルは新《あたら》しい室《むろ》をつくっていた。

「新室《にいむろ》の完成祝《かんせいいわ》いをしよう。」

クマソタケルは、うたげの準備《じゅんび》をしていた。オウスはそこいらを散歩《さんぽ》しながら、考《かんが》えた。

「よし、祝宴《しゅくえん》の日《ひ》を待《ま》とう。」

その日《ひ》が来《く》ると、オウスは、ひたいに結《ゆ》っていた髪《かみ》を、少女《しょうじょ》の髪《かみ》のように、くしけずって[*3]垂《た》らした。

「叔母上《おばうえ》は、こうなることを、予期《よき》しておられたのだろうか。」

オウスは、叔母《おば》からもらった衣装《いしょう》を身《み》に着《つ》けた。すると、いかにも愛《あい》らしい乙女《おとめ》の姿《すがた》となった。オウスは、祝《いわ》いの舞《まい》を踊《おど》る女《おんな》たちにまぎれこみ、室《むろ》の中《なか》へ入《はい》っていった。

「お、あの娘《むすめ》はよいな。」

クマソタケルの兄弟《きょうだい》は、可憐《かれん》な乙女《おとめ》の姿《すがた》のオウスが気《き》に入《い》って、呼《よ》んだ。そして、自分《じぶん》たちのあいだにすわらせた。

「これまで見《み》かけたことはなかったが、そなたは愛《あい》らしいのう。」

兄《あに》タケルが言《い》うと、弟《おとうと》タケルもうなずいた。

「いかにも。」

＊2 ヒサゴ……ユウガオ、ヒョウタン、トウガンなどの総称《そうしょう》。

＊3 くしけずって……櫛《くし》ですいて髪《かみ》を整《ととの》えて。

うたげがたけなわになったころ、兄弟《きょうだい》はかなり酔《よ》っていた。

「いまだな。」

そう感《かん》じたオウスは、懐《ふところ》からすばやく短剣《たんけん》を取《と》り出《だ》した。そして、兄《あに》タケルの衣《ころも》の襟《えり》をつかんで、ぐさりと胸《むね》を刺《さ》しつらぬいた。

「あっ!」

弟《おとうと》タケルは、兄《あに》が殺《ころ》されるさまに、おそれをなして、逃《に》げだした。

「逃《に》がさぬぞ。」

オウスは短剣《たんけん》をふりかざし、弟《おとうと》タケルを追《お》った。梯子《はしご》の下《した》まで追《お》ったオウスは、弟《おとうと》タケルの背中《せなか》をとらえ、剣《つるぎ》を尻《しり》から刺《さ》し通《とお》した。

「うっ。」

弟《おとうと》タケルは一声《ひとこえ》うめいてから、オウスに言《い》った。

「その刀《かたな》、そのまま動《うご》かさないでくだされ。申《もう》し上《あ》げたきことがあります。」

オウスは、弟《おとうと》タケルを手《て》で押《お》さえつけて、言《い》った。

「なにを申《もう》したいのか?」

弟《おとうと》タケルは、息《いき》もたえだえに、たずねた。

「あなたさまは、どなたさまでございますか？」

オウスはこたえた。

「わたしは、纏向《まきむく》の日代宮《ひしろのみや》で、大八島国《おおやしまくに》を治《おさ》めているオオタラシヒコ天皇《てんのう》の御子《みこ》、倭男具那王（ヤマトオグナノミコ）である。天皇《てんのう》は、おまえたちクマソタケルが、倭《やまと》の命《めい》に服《ふく》さず、背《そむ》いているため、討《う》ち取《と》れと、わたしをつかわされたのだ。」

弟《おとうと》タケルは息《いき》をついて、言《い》った。

「そうでございましたか。西《にし》のほうには、われら兄弟《きょうだい》をおいて、強《つよ》い者《もの》はおりませぬ。倭《やまと》の国《くに》には、われらよりも強《つよ》いお方《かた》がいらっしゃったのですね。それゆえ、わたしはあなたさまに、お名前《なまえ》を差《さ》し上《あ》げましょう。これよりは、倭建御子（ヤマトタケルノミコ）と名乗《なの》られたら、よいでしょう。」

「ならば、そういたそう。」

オウスは、そう言《い》うと、弟《おとうと》タケルを剣《つるぎ》で斬《き》り裂《さ》いた。

このときから、オウスの名《な》は、ヤマトタケルとなったのである。

クマソを討《う》ったあと、ヤマトタケルは、山《やま》の神《かみ》、川《かわ》の神《かみ》、穴戸《あなと》の神《かみ》と、すべて平《たい》らげて、東《ひがし》へ上《のぼ》った。

出雲《いずも》へ入《はい》ったとき、その地《ち》に勢力《せいりょく》を張《は》る出雲建（イズモタケル）を討《う》ち果《は》たそうと考《かんが》えた。

「太刀合《たちあ》わせで、おれにかなう者《もの》はいない。」

そう豪語《ごうご》しているイズモタケルに、まずは親《した》しみをこめて、近《ちか》づいた。

「イズモタケルどの、わたしと友《とも》になろう。」

イズモタケルはよろこんだ。

「おう、天《てん》の御子《みこ》と友《とも》になれるとは、光栄《こうえい》のいたりだ。」

日《ひ》ごろから力自慢《ちからじまん》の、毛《け》むくじゃら姿《すがた》のイズモタケルは、色白《いろじろ》のヤマトタケルをかわいい弟《おとうと》のように思《おも》い、こころよく友情《ゆうじょう》を受《う》け入《い》れた。

「よし、これでいい。」

親《した》しくなったあと、ヤマトタケルは、こっそりとイチイガシの木《き》で、偽《にせ》の太刀《たち》をつくった。そして、それを腰《こし》につけて、イズモタケルを、肥河《ひのかわ》での水遊《みずあそ》びに誘《さそ》った。

「ともに、水浴《みずあ》びをしようではないか。」

イズモタケルはうなずいた。

「うむ。それはいいな。」

イズモタケルが川《かわ》に入《はい》ると、ヤマトタケルは先《さき》に川《かわ》から上《あ》がった。そして、河原《かわら》に置《お》いてあったイズモタケルの太刀《たち》を、腰《こし》につけた。

「わたしとそなたの太刀《たち》を、取《と》り替《か》えようではないか。」

「ああ、そういたそう。」

川《かわ》から上《あ》がったイズモタケルは、それが偽《にせ》の太刀《たち》とは思《おも》わずに、ヤマトタケルの太刀《たち》を身《み》につけた。

「さあ、太刀合《たちあ》わせをしようではないか。」

ヤマトタケルは、いきなり戦《たたか》いをいどんだ。

「おう、太刀合《たちあ》わせか。おれは強《つよ》いぞ。」

イズモタケルは太刀《たち》を抜《ぬ》こうとしたが、偽《にせ》の太刀《たち》だったため、抜《ぬ》けなかった。

「ん？　抜《ぬ》けないぞ。」

ヤマトタケルは、ここぞと、イズモタケルの太刀《たち》をふるって、イズモタケルを斬《き》った。

「無念《むねん》！　よくも、だましたな。」

イズモタケルは最後《さいご》につぶやいて、息《いき》をひきとった。

こうして、行《い》くところ、行《い》くところ、敵《てき》をみなほろぼして、ヤマトタケルは倭《やまと》の国《くに》へ帰《かえ》ってきた。

十九 草《くさ》なぎの剣《つるぎ》をふるう

ヤマトタケル
オオタラシヒコ
ヤマトヒメ
美夜受比売《ミヤズヒメ》
弟橘比売命《オトタチバナヒメノミコト》

倭《やまと》の国《くに》にもどってきたヤマトタケルは、しばらくは平穏《へいおん》な日々《ひび》を送《おく》った。

ある日《ひ》、オオタラシヒコ（景行天皇《けいこうてんのう》）は、ヤマトタケルに言《い》った。

「東《ひがし》のほうの、十二の国《くに》の荒《あら》ぶる神《かみ》と、わが朝廷《ちょうてい》に服従《ふくじゅう》しない者《もの》たちを、平定《へいてい》せよ。」

そして、ヤマトタケルに、柊《ひいらぎ》の木《き》でつくられた大《おお》きな魔《ま》よけの矛《ほこ》をあたえ、行軍《こうぐん》のお伴《とも》として、御鉏友耳建日子（ミスキトモミミタケヒコ）を従《したが》わせた。

「かしこまりました。」

ヤマトタケルはうつむいて、うなずいた。

東《ひがし》へ向《む》かうとちゅう、ヤマトタケルは[*1]**伊勢大御神《いせのおおみかみ》の宮《みや》**に詣《もう》でた。神宮《じんぐう》を拝《おが》んだあと、叔母《おば》である[*2]**斎宮《いつきのみや》**のヤマトヒメのもとへ行《い》き、泣《な》きながら、うったえた。

「天皇《てんのう》は、わたしなど死《し》んでしまえと思《おも》われているのでしょうか。西《にし》のほうを討《う》って、倭《やまと》にもどってきてからいくらも経《た》たないのに、兵士《へいし》もくださらずに、いま、東《ひがし》の十二の国《くに》を平定《へいてい》せよと命《めい》じられたのです。やはり、わたしのことなど、死《し》ねばよいと考《かんが》えておられるのです。」

「なにをお言《い》いか。」

ヤマトヒメは、なかば叱《しか》り、なかばなぐさめた。

「そのようなこと、天皇《てんのう》がなされるわけがない。さあ、気《き》を取《と》り直《なお》して、この剣《つるぎ》をお持《も》ちなさい。」

そう言《い》って、ひとふりの剣《つるぎ》をヤマトタケルにさずけた。

＊1 伊勢大御神《いせのおおみかみ》の宮《みや》……三重県伊勢市《みえけんいせし》にある皇室《こうしつ》の神社《じんじゃ》。正式名称《せいしきめいしょう》は「神宮《じんぐう》」。皇大神宮《こうたいじんぐう》（内宮《ないくう》）と豊受大神宮《とようけだいじんぐう》（外宮《げくう》）からなっている。垂仁天皇《すいにんてんのう》の皇女《こうじょ》・倭比売命《やまとひめのみこと》が内宮《ないくう》に八咫鏡《やたのかがみ》をまつったのがはじまりとされる。内宮《ないくう》の祭神《さいじん》は天照大御神《あまてらすおおみかみ》。

＊2 斎宮《いつきのみや》……伊勢大御神《いせのおおみかみ》の宮《みや》に奉仕《ほうし》した未婚《みこん》の女性《じょせい》で、皇族《こうぞく》から選《えら》ばれた。

「これは？」

ヤマトタケルがたずねると、ヤマトヒメは言《い》った。

「かのスサノオノオカミが、ヤマタノオロチから取《と》り出《だ》した剣《つるぎ》です。荒《あら》ぶる神《かみ》を討《う》つには、この宝剣《ほうけん》を使《つか》いなさい。」

「ありがとうございます。」

ヤマトタケルは両手《りょうて》でささげ持《も》ち、受《う》け取《と》った。さらに、ヤマトヒメは、ひとつの袋《ふくろ》をあたえて言《い》った。

「もしも、そなたの身《み》にあわやというときがあったら、この袋《ふくろ》の口《くち》を開《あ》けなさい。」

袋《ふくろ》か。いったい、なにが入《はい》っているのだろう？

そう思《おも》いながら、ヤマトタケルは、自分《じぶん》を守《まも》ってくれようとしている叔母《おば》に深《ふか》く感謝《かんしゃ》し、その袋《ふくろ》を受《う》け取《と》った。

そして、ヤマトタケルは*3**尾張《おわり》の国《くに》**へ着《つ》いた。
尾張《おわりの》*4**国造**《くにのみやつこ》の祖先《そせん》である、美夜受比売（ミヤズヒメ）の家《いえ》に入《はい》った。

やさしいまなざしで、くちびるに微笑《びしょう》をたたえているミヤズヒメを見《み》て、ヤマトタケルは、すぐにも結婚《けっこん》したいと思《おも》った。

ミヤズヒメも、ヤマトタケルのことが気《き》に入《い》った様子《ようす》だった。

「いや、帰《かえ》ってからにしよう。」

東《ひがし》を平定《へいてい》して、もどってきたときに、ミヤズヒメと結婚《けっこん》しよう。ヤマトタケルはそう考《かんが》えた。

「ヒメ、わたしはかならず、もどってきます。そのときに、結婚《けっこん》いたしましょう。」

ヤマトタケルが言《い》うと、ミヤズヒメは瞳《ひとみ》をうるませて、うなずいた。

「御子《みこ》、お待《ま》ちしております。かならず、もどってきてください。」

ミヤズヒメと結婚《けっこん》の約束《やくそく》をして、ヤマトタケルは尾張《おわり》の国《くに》を出発《しゅっぱつ》した。

それから、多《おお》くの山河《さんが》の荒《あら》ぶる神《かみ》たちと、倭《やまと》に服従《ふくじゅう》しない者《もの》たちをつぎつぎに平定《へいてい》して

＊3 尾張《おわり》の国《くに》……今《いま》の愛知県《あいちけん》の西部《せいぶ》。

＊4 国造《くにのみやつこ》……地方《ちほう》の役人《やくにん》。豪族《ごうぞく》が天皇《てんのう》に従《したが》うことで国造《くにのみやつこ》の称号《しょうごう》をあたえられ、地方《ちほう》を治《おさ》めた。

いった。

*5相模《さがみ》の国《くに》に着《つ》いたときだった。

その国造《くにのみやつこ》は、従《したが》うふりをして、ヤマトタケルを狩《か》りに誘《さそ》い出《だ》した。そして、いつわって言《い》った。

「御子《みこ》。この野《の》に、大《おお》きな沼《ぬま》がございます。その中《なか》に住《す》む神《かみ》は、おそろしいほど荒々《あらあら》しい神《かみ》でございます。」

「さようか。ならば、わたしが退治《たいじ》してやる。」

ヤマトタケルは野《の》の中《なか》に入《はい》っていった。すると、国造《くにのみやつこ》は、してやったりとほくそ笑《え》み、その野《の》に、火《ひ》をつけた。

「それっ、焼《や》き殺《ころ》してしまえっ!」

火《ひ》はごうっと燃《も》え盛《さか》って、ヤマトタケルに近《ちか》づいてきた。

「しまった。だまされたか。」

火《ひ》がせまってきて、このままでは、焼《や》き殺《ころ》されてしまいそうだった。そのとき、ヤマトタケルは、叔母《おば》の言葉《ことば》を思《おも》い出《だ》した。

——そなたの身《み》にあわやというときがあったら、この袋《ふくろ》の口《くち》を開《あ》けなさい。

ヤマトタケルは持《も》ってきた袋《ふくろ》の口《くち》を開《あ》けた。すると、そこには、火打《ひう》ち石《いし》が入《はい》っていた。

「なぜ、こんなものが？」

火打《ひう》ち石《いし》を見《み》て、首《くび》をひねったヤマトタケルは、このとき、はっとひらめいた。

「そうか！　これを使《つか》えばいいのか！」

ヤマトタケルはヤマトヒメからさずけられた剣《つるぎ》で、まわりの草《くさ》を刈《か》りはらった。さらに、火打《ひう》ち石《いし》で風下《かざしも》の草《くさ》に火《ひ》をつけた。新《あたら》しくつけられた火《ひ》は勢《いきお》いよく燃《も》えて、風上《かざかみ》から吹《ふ》きつける火《ひ》を吹《ふ》き返《かえ》していった。このことにより、その剣《つるぎ》は「草《くさ》なぎの剣《つるぎ》」と名《な》づけられることになった。

こうして、ヤマトタケルは死地《しち》を脱《だっ》した。

「よくも、わたしをだましたな。」

ヤマトタケルは、国造《くにのみやつこ》らをすべて斬《き》り殺《ころ》して、火《ひ》で焼《や》いてしまった。このことがあってから、この地《ち》には『焼津《やいづ》』という名《な》がついた。

＊5 相模《さがみ》の国《くに》……今《いま》の神奈川県《かながわけん》の大部分《だいぶぶん》

その地《ち》から、さらに進《すす》んでいき、船《ふね》に乗《の》って、走水海《はしりみずのうみ》*6をわたろうとしていたときだった。

海峡《かいきょう》の神《かみ》が怒《いか》りを発《はっ》し、すさまじい高波《たかなみ》を起《お》こして、船《ふね》をぐるぐる回《まわ》らせた。

「このままでは、だめだ！」

「船《ふね》が沈《しず》んでしまう！」

一行《いっこう》が激《はげ》しい嵐《あらし》におののくなか、御子《みこ》の妃《きさき》である弟橘比売命（オトタチバナヒメノミコト）が、思《おも》いつめたような、ひたむきなまなざしで、ヤマトタケルに言《い》った。

「御子《みこ》、わたくしが海《うみ》の神《かみ》を鎮《しず》めるために、海《うみ》に入《はい》ります。」

ヤマトタケルは息《いき》をのんだ。

「なにを申《もう》すか。だめだ、そのようなこと。」

しかし、オトタチバナヒメの決心《けっしん》は固《かた》かった。

「いまから海《うみ》に入《はい》りますので、御子《みこ》は、任務《にんむ》をぶじにはたされてください。」

「そのようなこと、決《けっ》してゆるさぬ。はやまったことをしてはならぬ。」

ヤマトタケルは、オトタチバナヒメをけんめいに止《と》めようとした。

「待《ま》てば、嵐《あらし》は、じきに治《おさ》まる。」

しかし、嵐《あらし》はいっこうに鎮《しず》まらなかった。オトタチバナヒメの心《こころ》をひるがえすことができず、ヤマトタケルはあせった。

「いけない！　入水《じゅすい》はだめだ！」

オトタチバナヒメは、止《と》めるヤマトタケルを振《ふ》り切《き》って、菅《すげ》の敷物《しきもの》や皮《かわ》の敷物《しきもの》、絹《きぬ》の敷物《しきもの》を、何枚《なんまい》も敷《し》いた波《なみ》の上《うえ》に、しずしずと降《お》りていった。

「おおっ！」

「鎮《しず》まったぞ！」

オトタチバナヒメの入水《じゅすい》により、海《うみ》の神《かみ》が怒《いか》りをおさめたのか、荒《あ》れ狂《くる》っていた波《なみ》が静《しず》まり、船《ふね》は先《さき》へ進《すす》むことができた。

それから七日後《なのかご》に、オトタチバナヒメの櫛《くし》が海辺《うみべ》に流《なが》れついた。

「おお、ヒメっ！」

ヤマトタケルはぽろぽろと涙《なみだ》を流《なが》して、櫛《くし》を拾《ひろ》い、りっぱな*7**御陵**《ごりょう》をつくって、納《おさ》めた。

*6 走水海《はしりみずのうみ》……神奈川県《かながわけん》三浦半島《みうらはんとう》の横須賀市《よこすかし》と千葉県房総半島《ちばけんぼうそうはんとう》との間《あいだ》にある浦賀水道《うらがすいどう》のこと。

そこから、ヤマトタケルは、さらに奥《おく》に分《わ》け入《い》って、荒《あら》ぶる蝦夷《えみし》[*8]を討《う》ち、山河《さんが》の荒《あ》れすさぶ神《かみ》たちを平定《へいてい》し、倭《やまと》へ向《む》けて、帰路《きろ》についた。

足柄《あしがら》の坂本《さかもと》に着《つ》いて、ヤマトタケルはしばらく休《やす》んで食事《しょくじ》をとった。そのとき、坂《さか》の神《かみ》が白《しろ》い鹿《しか》の姿《すがた》となって、かたわらに立《た》った。その姿《すがた》に、ヤマトタケルは、直感《ちょっかん》した。

「この地《ち》の神《かみ》が、わたしをたぶらかそうとしているな。」

そこで、食《た》べのこした野蒜《のびる》[*9]の端《はし》で、鹿《しか》を打《う》ったところ、目《め》に当《あ》たり、鹿《しか》は死《し》んだ。

坂《さか》の上《うえ》に登《のぼ》り、ヤマトタケルは、はるか彼方《かなた》の走水《はしりみず》の方角《ほうがく》を見《み》やって、入水《じゅすい》したオトタチバナヒメを思《おも》い、三度《ど》ため息《いき》をついた。

「ああ、わが妻《つま》よ。」

そのときから、この地《ち》は、『吾妻《あづま》』と名付《なづ》けられた。

＊7 御陵《ごりょう》……天皇《てんのう》・皇后《こうごう》・皇太后《こうたいごう》（先代《せんだい》の天皇《てんのう》の皇后《こうごう》）・太皇太后《たいこうたいごう》（先々代《せんせんだい》の天皇《てんのう》の皇后《こうごう》）の墓《はか》。

＊8 蝦夷《えみし》……古代《こだい》の東北地方北部《とうほくちほうほくぶ》から北海道《ほっかいどう》にかけて住《す》み、独自《どくじ》の言語《げんご》や文化《ぶんか》を持《も》ち、中央《ちゅうおう》の政権《せいけん》に服従《ふくじゅう》しなかった人々《ひとびと》。ここでは東北地方《とうほくちほう》に住《す》む人《ひと》をいう。

＊9 野蒜《のびる》……古代《こだい》から日本《にほん》に自生《じせい》していた野草《やそう》。ネギに似《に》た地上《ちじょう》の葉《は》と、地下《ちか》の球根《きゅうこん》は、ともに食用《しょくよう》になる。

二十　ヤマトタケル、白鳥《はくちょう》となり、高天《たかま》が原《はら》へ

ヤマトタケル一行《いっこう》は*1甲斐《かい》を越《こ》え、酒折宮《さかおりのみや》に着《つ》いた。さらに、信濃《しなの》を越《こ》えて、美濃《みの》を過《す》ぎ、尾張《おわり》の国《くに》へ帰《かえ》り着《つ》いた。

ヤマトタケルは、先《さき》に結婚《けっこん》の約束《やくそく》をしていたミヤズヒメのもとへ駆《か》けつけた。

「待《ま》たせてすまなかった、ヒメ。」

「御子《みこ》。うれしゅうございます。お待《ま》ちしておりました。」

ミヤズヒメはよろこび、大《おお》きな杯《さかずき》をささげ持《も》って、ヤマトタケルに献上《けんじょう》した。

こうして約束《やくそく》どおり、ヤマトタケルはミヤズヒメと結婚《けっこん》した。

それから数日《すうじつ》が経《た》った。ヤマトタケルは、腰《こし》につけていた草《くさ》なぎの剣《つるぎ》を、ミヤズヒメのもとに置《お》いて、伊吹山《いぶきやま》の神《かみ》を討《う》ち取《と》りに出《で》かけた。

「この山《やま》の神《かみ》がいかほど力《ちから》があろうとも、素手《すで》で討《う》ち取《と》ってやろう。」

ヤマトタケルはそう言《い》って、山《やま》に向《む》かった。すると、山《やま》のほとりで、白《しろ》い猪《いのしし》に出会《であ》った。全身《ぜんしん》が発光《はっこう》するように輝《かがや》き、大《おお》きさは、牛《うし》ほどもあった。

「ふん。猪《いのしし》に化《ば》けたこやつは、さしずめ山《やま》の神《かみ》の使《つか》いだな。いまは殺《ころ》さず、帰《かえ》りに退治《たいじ》してやろう。」

ヤマトタケルは、猪《いのしし》に聞《き》こえるように、大《おお》きな声《こえ》で言《い》った。それから、山《やま》を登《のぼ》っていったが、とつぜん、激《はげ》しい氷雨《ひさめ》が降《ふ》りだした。

「ううっ、なんという寒《さむ》さだ。」

あまりの寒《さむ》さに、ヤマトタケルの意識《いしき》は朦朧《もうろう》となった。

白《しろ》い猪《いのしし》は、神《かみ》の使《つか》いではなく、神《かみ》そのものだった。それを、ヤマトタケルがかろんじた言葉《ことば》を吐《は》いたために、神《かみ》は本気《ほんき》で怒《おこ》って、罰《ばつ》を下《くだ》したのだ。

＊1 甲斐《かい》……今《いま》の山梨県《やまなしけん》。

「ううむ。なにやら、おかしいぞ。」

ふらつきながらも、ヤマトタケルは、なんとか山《やま》を下《くだ》った。玉倉部《たまくらべ》の清水《しみず》にたどりついて、顔《かお》を洗《あら》い、ようやく正気《しょうき》をとりもどした。そこで、この水《みず》を『居寤清水《いさめのしみず》』というようになった。

そこから出発《しゅっぱつ》して、当芸野《たぎの》に着《つ》いた。

ヤマトタケルはつぶやいた。

「わたしは、いつも心《こころ》では、空《そら》を飛《と》んでいこうと思《おも》っている。しかし、いまのわたしの足《あし》は、空《そら》を飛《と》ぶどころか、たぎたぎしく、まともに歩《ある》けなくなっている。」

そこで、この地《ち》は『当芸《たぎ》』という名《な》になった。

ヤマトタケルはその地《ち》から、歩《ある》いて進《すす》んでいこうとした。だが、ひどく疲《つか》れたので、杖《つえ》をついて、そろそろと歩《ある》くしかなかった。

伊勢《いせ》に入《はい》り、尾津前《おつのさき》の一本松《いっぽんまつ》のもとに着《つ》くと、以前《いぜん》にそこで食事《しょくじ》をしたときに置《お》き忘《わす》れた太刀《たち》が、あった。

「おうっ、なくならずに、ここに元《もと》どおりにあったか。」

ヤマトタケルは、太刀《たち》を取《と》って、考《かんが》えた。

「恋《こい》しいミヤズヒメのもとへ帰《かえ》ろうか？」

しばらく考《かんが》えたあと、「いや、やはり倭《やまと》へもどろう。」と、心《こころ》を決《き》めた。

三重村《みえむら》に着《つ》いたとき、ヤマトタケルは言《い》った。

「わたしの足《あし》は三重《みえ》に折《お》れ曲《ま》がり、ひどく疲《つか》れてしまった。」

そこから、この地《ち》は『三重《みえ》』と名付《なづ》けられた。


やがて、ヤマトタケルは、能煩野《のぼの》に着《つ》いた。

ヤマトタケルは、十六の歳《とし》で、倭《やまと》を出発《しゅっぱつ》してからというもの、ゆっくりと休《やす》むひまもなかった。西《にし》へ東《ひがし》へと遠征《えんせい》し、戦《たたか》いつづけてきた日々《ひび》を思《おも》いながら、故郷《こきょう》の倭《やまと》をしのんで、歌《うた》った。


——倭《やまと》は　国《くに》のまほろば　たたなづく　青垣《あおがき》　山籠《やまこも》れる　倭《やまと》し麗《うるわ》し

（倭《やまと》は国《くに》の中《なか》でもっともよいところだ。重《かさ》なり合《あ》った青《あお》い垣根《かきね》の山《やま》、その中《なか》にこもっている倭《やまと》は、美《うつく》しい。）

ヤマトタケルは繁《しげ》った樫《かし》の葉《は》を取《と》って、倭《やまと》をなつかしく思《おも》った。そのとき、病《やまい》がさらに重《おも》くなった。ヤマトタケルの胸《むね》の中《なか》を、ミヤズヒメの面影《おもかげ》が走《はし》り、ヒメにわたした草《くさ》なぎの剣《つるぎ》がきらきらと輝《かがや》いた。

そこで、ヤマトタケルは、まず国《くに》をしのんで、片歌《かたうた》を歌《うた》った。

——愛《は》しけやし　我家《わぎえ》の方《かた》よ　雲居《くもい》立《た》ち来《く》も

（なつかしい、わが家《や》のほうから、雲《くも》がこちらへ湧《わ》いてくる。）

そのとき、病《やまい》が急変《きゅうへん》して、気《き》が遠《とお》くなりかけたので、ヤマトタケルは空《そら》を仰《あお》いで、声《こえ》をかぎりに歌《うた》った。

——おとめの　床《とこ》の辺《べ》に　我《わ》が置《お》きし　剣《つるぎ》の太刀《たち》　その太刀《たち》はや
(乙女《おとめ》の床《とこ》のあたりに、置《お》いてきた我《わ》が太刀《たち》よ　ああ、その太刀《たち》よ。)

そう歌《うた》い終《お》えると、ヤマトタケルはがっくりと膝《ひざ》をついて、目《め》を閉《と》じ、そのまま息《いき》をひきとった。ヤマトタケルは、波乱《はらん》に満《み》ちた生涯《しょうがい》を、このとき終《お》えたのである。


ヤマトタケルノミコトが死《し》んだ。

その知《し》らせを聞《き》いて、倭《やまと》にいた后《きさき》たちと御子《みこ》たちは、急《いそ》いで能煩野《のぼの》にかけつけた。

「ヤマトタケルノミコ!」

「ヤマトタケルノミコ!」

みなは嘆《なげ》き悲《かな》しみ、りっぱな御陵《ごりょう》をつくって、ヤマトタケルのなきがらを篤《あつ》く弔《とむら》った。そして、その地《ち》の水《みず》をたたえている田《た》を這《は》いまわって、悲《かな》しみ、なげき、泣《な》きつづけた。

すると、しばらくしてから、御陵《ごりょう》の中《なか》から、大《おお》きな白鳥《はくちょう》があらわれ、翼《つばさ》をひろげて、空《そら》に飛《と》び立《た》った。

「おおっ！」

「御子《みこ》だっ！」

后《きさき》と御子《みこ》たちは、篠《しの》の切《き》り株《かぶ》に足《あし》を切《き》り、傷《きず》つきながらも、痛《いた》みを忘《わす》れて、けんめいに白《はく》鳥《ちょう》を追《お》いかけた。

「御子《みこ》っ、お待《ま》ちくださいっ！」

みなは泣《な》きながら追《お》ったが、白鳥《はくちょう》は、天空《てんくう》に向《む》かって、悠々《ゆうゆう》と羽《は》ばたいていった。その行《い》く先《さき》は、アマテラスをはじめ、天《あま》つ神々《かみがみ》が住《す》んでいる高天《たかま》が原《はら》であった。

こうして、英雄《えいゆう》ヤマトタケルは、うつくしい白鳥《はくちょう》となって、白《しろ》い翼《つばさ》を羽《は》ばたかせ、神々《かみがみ》の高天《たかま》が原《はら》へ、まっしぐらに翔《かけ》っていったのである。

日本《にほん》の神々《かみがみ》の物語《ものがたり》　完《かん》

あとがき

天上《てんじょう》の高天《たかま》が原《はら》、地上《ちじょう》の葦原《あしはら》の中《なか》つ国《くに》、地下《ちか》の黄泉《よみ》の国《くに》、そして根《ね》の国《くに》でくりひろげられた日本《にほん》の神《かみ》さまたちの、うつくしくも、ふしぎで、奇想天外《きそうてんがい》な物語《ものがたり》。イマジネーション豊《ゆた》かな、ダイナミックで、ファンタスティックな物語《ものがたり》を、じゅうぶんに楽《たの》しんでいただけたでしょうか。

もちろん、これらの物語《ものがたり》は、現実《げんじつ》にあったことではありません。けれど、そこには日本民族《にほんみんぞく》の心《こころ》のふるさと、ともいうべき世界《せかい》が、のびやかにひろがっています。四方《しほう》を海《うみ》にかこまれた、日本《にほん》という国《くに》の、移《うつ》り変《か》わる四季《しき》、多彩《たさい》な変化《へんか》に富《と》んだ風《ふう》土《ど》に育《そだ》った人々《ひとびと》が、なにをよろこび、なにをかなしみ、なにをおそれたか、その夢《ゆめ》と希望《きぼう》、空《そら》や海《うみ》、山《やま》、川《かわ》、大地《だいち》といった自然《しぜん》への感謝《かんしゃ》と祈《いの》りとが、神話《しんわ》というかたちで語《かた》られているのです。

エジプト神話《しんわ》、ギリシア・ローマ神話《しんわ》、中国神話《ちゅうごくしんわ》、メソポタミア神話《しんわ》、インド神話《しんわ》、ゲルマン神話《しんわ》、マヤ神話《しんわ》、オセアニア神話《しんわ》などなど、世界《せかい》には、それぞれの国《くに》で、それぞれの民《みん》族《ぞく》が古来《こらい》から語《かた》りついできた多《おお》くの神話《しんわ》があります。

わたしたち日本人《にほんじん》も、日本《にほん》という国土《こくど》から誕生《たんじょう》した「八百万《やおよろず》の神々《かみがみ》」が、天地《てんち》を舞台《ぶたい》にして、胸《むね》のすくような活躍《かつやく》をする日本神話《にほんしんわ》を、古《ふる》くから語《かた》りつぎ、書物《しょもつ》に記《しる》して、だいじにはぐくんできました。

これからも、神々《かみがみ》の物語《ものがたり》を生《う》み育《そだ》ててきた日本《にほん》のうつくしい自然《しぜん》をたいせつに守《まも》って、よりよい明日《あした》の物語《ものがたり》をめざしていきたいものです。

著者

『古事記』倉野憲司　校注　岩波書店
『古事記（上・中・下）』次田真幸　全訳注　講談社学術文庫
『古事記』山口佳紀　神野志隆光　校注・訳　新編日本古典文学全集　小学館
『日本書紀（上・下）』坂本太郎　他校注　日本古典文学大系　岩波書店
『日本書紀（上）』山田宗睦　訳　教育社
『古事記　日本霊異記　風土記　古代歌謡』石川淳　他訳　古典日本文学全集　筑摩書房
『ＮＨＫ「１００分de名著」ブックス　古事記』三浦佑之　ＮＨＫ出版
『カラー版　一番よくわかる古事記』谷口雅博　監修　西東社
『古事記の神々　付古事記神名辞典』三浦佑之　角川ソフィア文庫

＜著者紹介＞

作者●小沢章友（おざわあきとも）

1949年佐賀県生まれ。早稲田大学政治経済学部卒業。『遊民爺さん』（小学館文庫）で開高健賞奨励賞受賞。陰陽師の土御門一族をめぐる連作「土御門クロニクル」で、陰陽師ブームを巻き起こした。おもな作品は、『三島転生』（ポプラ社）、『龍之介怪奇譚』（双葉社）など伝奇・幻想小説のほか、歴史が舞台の『三国志』(全7巻)、『徳川家康―天下太平―』『大決戦！ 関ヶ原』『徳川四天王』（以上講談社青い鳥文庫）など、児童向けの作品も幅広く手掛けている。

画家●佐竹美保（さたけみほ）

1957年富山県生まれ。雑誌「奇想天外」で挿絵画家としてデビュー。児童書を中心に、SFやファンタジーの分野で幅広く活躍。おもな作品に『魔女の宅急便 その③〜その⑥』（角野栄子／福音館書店)、「ハウルの動く城」シリーズ（ダイアナ・ウィン・ジョーンズ、訳＝西村醇子・市田泉／徳間書店)、『西遊記 上・中・下』（編訳＝渡辺仙州／偕成社)、『美女と野獣　七つの美しいお姫さま物語』（訳＝巖谷國士ほか／講談社青い鳥文庫）などがある。

デザイン●久住和代

編集協力●脇田明日香

日本《にほん》の神々《かみがみ》の物語《ものがたり》

2024年2月26日　第1刷発行

作　小沢章友《おざわあきとも》

発行者　森田浩章

発行所　株式会社講談社

〒112-8001

東京都文京区音羽2-12-21

電話　編集　03-5395-3536

販売　03-5395-3625

業務　03-5395-3615

カバー・表紙印刷　共同印刷株式会社

本文印刷　株式会社KPSプロダクツ

製本所　大口製本印刷株式会社

本文データ制作　講談社デジタル製作

N.D.C.913　216p　20cm　ISBN978-4-06-534451-4

小沢章友《おざわあきとも》先生《せんせい》の歴史人物物語《れきしじんぶつものがたり》

織田信長《おだのぶなが》

—炎《ほのお》の生涯《しょうがい》—

戦国武将物語《せんごくぶしょうものがたり》

棚橋《たなはし》なもしろ／絵《え》

織田信長《おだのぶなが》

奇抜《きばつ》な装束《しょうぞく》を好《この》み、礼儀《れいぎ》をわきまえなかったことでも有名《ゆうめい》。

ストーリー

戦国時代後期《せんごくじだいこうき》、鉄砲《てっぽう》を戦《たたか》いに取《と》り入《い》れるなど、新《あたら》しいことに挑戦《ちょうせん》し続《つづ》けた織田信長《おだのぶなが》。敵《てき》を次々打《つぎつぎう》ち破《やぶ》り、室町幕府《むろまちばくふ》の将軍《しょうぐん》・足利義昭《あしかがよしあき》を退《しりぞ》けて天下統一《てんかとういつ》を目指《めざ》したが……。

武田信玄《たけだしんげん》と上杉謙信《うえすぎけんしん》

戦国武将物語《せんごくぶしょうものがたり》

甘塩《あまじお》コメコ／絵《え》

武田信玄《たけだしんげん》

「風林火山《ふうりんかざん》」の旗《はた》をかかげ、「甲斐《かい》の虎《とら》」と恐《おそ》れられた。

上杉謙信《うえすぎけんしん》

「戦《いくさ》の神《かみ》・毘沙門天《びしゃもんてん》」の生《う》まれ変《か》わりを名《な》乗《の》った戦自慢《いくさじまん》。

ストーリー

戦国時代《せんごくじだい》を代表《だいひょう》する戦《たたか》いの達人《たつじん》——武田信玄《たけだしんげん》と上杉謙信《うえすぎけんしん》は宿命《しゅくめい》のライバルだった。11年間《ねんかん》で5回《かい》も戦《たたか》った「川中島《かわなかじま》の戦《たたか》い」など、激《はげ》しい争《あらそ》いを繰《く》り広《ひろ》げたふたりの物語《ものがたり》。

青《あお》い鳥文庫《とりぶんこ》で 好評発売中《こうひょうはつばいちゅう》！

明智光秀《あけちみつひで》

—美《うつく》しき知将《ちしょう》—

戦国武将物語《せんごくぶしょうものがたり》

kaworu《かをる》／絵《え》

明智光秀《あけちみつひで》

城《しろ》づくりが得意《とくい》で、琵琶《びわ》湖《こ》ほとりの坂本城《さかもとじょう》はすぐれた城《しろ》だった。

ストーリー

美濃《みの》の国《くに》（岐阜県《ぎふけん》）出身《しゅっしん》の武将《ぶしょう》・明智光秀《あけちみつひで》。さまざまな主《しゅ》君《くん》に仕《つか》えたのち、織田信長《おだのぶなが》の家臣《かしん》となり活躍《かつやく》。本能寺《ほんのうじ》の変《へん》で信長《のぶなが》を討《う》ち、天下統一《てんかとういつ》を果《は》たしたかに見《み》えたが——。

豊臣秀吉《とよとみひでよし》

—天下《てんか》の夢《ゆめ》—

戦国武将物語《せんごくぶしょうものがたり》

棚橋《たなはし》なもしろ／絵《え》

豊臣秀吉《とよとみひでよし》

織田信長《おだのぶなが》からは「サル」と呼《よ》ばれていたが、とても信頼《しんらい》されていた。

ストーリー

尾張《おわり》の国《くに》（愛知県《あいちけん》）の農民出身《のうみんしゅっしん》である秀吉《ひでよし》は、織田信長《おだのぶなが》に仕《つか》えて、やがて大名《だいみょう》に。織田信長《おだのぶなが》を討《う》った明智光秀《あけちみつひで》を滅《ほろ》ぼして、天下統一《てんかとういつ》に成功《せいこう》。関白《かんぱく》・太政大臣《だいじょうだいじん》まで昇《のぼ》り詰《つ》めたが……。

真田幸村《さなだゆきむら》

—風雲《ふううん》！ 真田丸《さなだまる》—

戦国武将物語《せんごくぶしょうものがたり》

流石《さすが》 景《けい》／絵《え》

真田幸村《さなだゆきむら》

関ヶ原《せきがはら》の戦《たたか》いでは、兄《あに》は徳川方《とくがわかた》につき、家族《かぞく》が敵《てき》味方《みかた》に分《わ》かれて戦《たたか》った。

ストーリー

甲斐《かい》の国《くに》（山梨県《やまなしけん》）出身《しゅっしん》の武将《ぶしょう》・真田幸村《さなだゆきむら》。小田原《おだわら》の北条《ほうじょう》氏征伐《しせいばつ》で父《ちち》、兄《あに》とともに活躍《かつやく》し、上田城《うえだじょう》を本拠《ほんきょ》にした大名《だいみょう》となる。大坂夏《おおさかなつ》の陣《じん》で豊臣家《とよとみけ》とともに散《ち》った幸村《ゆきむら》の生涯《しょうがい》。

徳川家康《とくがわいえやす》

—天下太平《てんかたいへい》—

戦国武将物語《せんごくぶしょうものがたり》

棚橋《たなはし》なもしろ／絵《え》

徳川家康《とくがわいえやす》

武田信玄《たけだしんげん》との三方ヶ原《みかたがはら》の戦《たたか》いでは、あわや命《いのち》が危《あぶ》ない負《ま》け方《かた》をした。

ストーリー

子《こ》ども時代《じだい》、家康《いえやす》は今川家《いまがわけ》の人質《ひとじち》であった。成長《せいちょう》してからは織田信長《おだのぶなが》と同盟《どうめい》を結《むす》ぶ。信長《のぶなが》の死後《しご》は豊臣家《とよとみけ》を滅《ほろ》ぼし、江戸《えど》幕府《ばくふ》はその後《ご》260年続《ねんつづ》く開《ひら》くことになる。

伊達政宗《だてまさむね》

—奥羽《おうう》の王《おう》、独眼竜《どくがんりゅう》—

戦国武将物語《せんごくぶしょうものがたり》

山田一喜《やまだひとつき》／絵《え》

伊達政宗《だてまさむね》

豊臣秀吉《とよとみひでよし》、徳川家《とくがわけ》３人《にん》の将《しょう》軍《ぐん》に仕《つか》え、戦国時代《せんごくじだい》から太《たい》平《へい》の世《よ》までを生《い》き抜《ぬ》いた。

ストーリー

幼少時《ようしょうじ》、政宗《まさむね》は病気《びょうき》で右目《みぎめ》の視力《しりょく》を失《うしな》ったが、賢《かしこ》く強《つよ》い武将《ぶしょう》に育《そだ》つ。東北地方《とうほくちほう》を平定《へいてい》して、一度《いちど》は天下《てんか》を夢見《ゆめみ》るも、徳川《とくがわ》家《け》に従《したが》うことに決《き》め、二代将軍秀忠《だいしょうぐんひでただ》と三代家光《だいいえみつ》を盛《も》り立《た》てた。

歴史人物《れきしじんぶつ》ドラマ

ジョン万次郎《まんじろう》

民主主義《みんしゅしゅぎ》を伝《つた》えた男《おとこ》

十々夜《ととやえ》／絵《え》

ジョン万次郎《まんじろう》

捕鯨船《ほげいせん》に助《たす》けられて、やがて捕鯨《ほげい》のスペシャリストに。航《こう》海術《かいじゅつ》の専門書《せんもんしょ》の翻訳《ほんやく》もした。

ストーリー

幕末《ばくまつ》、土佐《とさ》の国《くに》（高知県《こうちけん》）に生《う》まれた漁師《りょうし》の子《こ》、万次郎《まんじろう》は、14歳《さい》のとき乗《の》り込《こ》んだ漁船《ぎょせん》が難破《なんぱ》して、アメリカへ渡《わた》ることに。帰国後《きこくご》は政府《せいふ》の通訳《つうやく》として活躍《かつやく》した、万次郎《まんじろう》の波乱《はらん》の人生《じんせい》。

歴史人物《れきしじんぶつ》ドラマ

渋沢栄一《しぶさわえいいち》

日本資本主義《にっぽんしほんしゅぎ》の父《ちち》

十々夜《ととやえ》／絵《え》

渋沢栄一《しぶさわえいいち》

若《わか》いころは、尊王攘夷運《そんのうじょういうん》動《どう》に明《あ》け暮《く》れ、幕府《ばくふ》を倒《たお》そうとしていた。

ストーリー

幕末《ばくまつ》、栄一《えいいち》は武蔵《むさし》の国《くに》（埼玉県《さいたまけん》）の豪農《ごうのう》の家《いえ》に生《う》まれる。最後《さいご》の将軍《しょうぐん》・徳川慶喜《とくがわよしのぶ》に仕《つか》えたのち、明治維新後《めいじいしんご》は新政府《しんせいふ》の官僚《かんりょう》を経《へ》て実業家《じつぎょうか》に。約《やく》500の会社《かいしゃ》を興《おこ》し、日本経済《にっぽんけいざい》の基《き》礎《そ》を築《きず》いた。2024年新紙幣《ねんしんしへい》の顔《かお》のひとり。

小沢章友《おざわあきとも》先生《せんせい》の歴史人物物語《れきしじんぶつものがたり》

小沢章友《おざわあきとも》先生《せんせい》が描《えが》く「三国志《さんごくし》」

1 飛龍《ひりゅう》の巻《まき》

漢《かん》の皇帝《こうてい》の血《ち》をひく劉備玄徳《りゅうびげんとく》は、関羽雲長《かんううんちょう》、張飛翼徳《ちょうひよくとく》と義兄弟《ぎきょうだい》の契《ちぎ》りを結《むす》び、世《よ》を救《すく》う夢《ゆめ》を見《み》て、義勇兵《ぎゆうへい》を率《ひき》いて出陣《しゅつじん》する！

『三国志《さんごくし》』全《ぜん》7巻《かん》

山田章博《やまだあきひろ》／絵《え》

中国《ちゅうごく》の古典文学《こてんぶんがく》「三国志《さんごくし》」。今《いま》から約《やく》1800年前《ねんまえ》、後漢末期《ごかんまっき》。中国《ちゅうごく》は戦《せん》乱《らん》にまみれ人々《ひとびと》は苦《くる》しんでいました。劉備《りゅうび》、関羽《かんう》、張飛《ちょうひ》が出会《であ》い、乱世《らんせい》を救《すく》うべく立《た》ち上《あ》がります。彼《かれ》らの活躍《かつやく》と苦難《くなん》を描《えが》く長編歴史物語《ちょうへんれきしものがたり》。わかりやすい文章《ぶんしょう》と、想像《そうぞう》をかきたてる山田章博《やまだあきひろ》さんの絵《え》で、読《よ》み出《だ》したら止《と》まらない面白《おもしろ》さです。

3 激闘《げきとう》の巻《まき》

最高権力者《さいこうけんりょくしゃ》となった曹操《そうそう》は、ついに河北《かほく》四州《しゅう》を支配《しはい》する袁紹《えんしょう》と激突《げきとつ》する！　天下分《てんかわ》け目《め》の激闘《げきとう》の行方《ゆくえ》はいかに……!?

2 風雲《ふううん》の巻《まき》

徐州《じょしゅう》を得《え》た劉備《りゅうび》だったが、梟雄《きょうゆう》呂《りょ》布《ふ》に国《くに》をうばわれてしまう。淮南《わいなん》には偽皇帝袁術《ぎこうていえんじゅつ》が立《た》ち、乱世《らんせい》は混迷《こんめい》を深《ふか》めていた——。

青《あお》い鳥文庫《とりぶんこ》で好評発売中《こうひょうはつばいちゅう》！

5 大願《たいがん》の巻《まき》

赤壁《せきへき》の戦《たたか》いに勝利《しょうり》し、勢《いきお》いに乗《の》る劉備《りゅうび》は、益州《えきしゅう》にも兵《へい》を進《すす》め、蜀《しょく》の地《ち》へ。苦難《くなん》を乗《の》り越《こ》え、劉備《りゅうび》は一《いっ》国《こく》を手《て》に入《い》れることができるのか!?

4 火炎《かえん》の巻《まき》

孔明《こうめい》とならびたつ軍師《ぐんし》、龐統《ほうとう》の「連環《れんかん》の計《けい》」、周瑜《しゅうゆ》の「苦肉《くにく》の策《さく》」、東風《とうふう》を祈《いの》る孔明《こうめい》。戦《たたか》いはついに赤《せき》壁《へき》に！

7 死生《しせい》の巻《まき》

追《お》い込《こ》まれた蜀《しょく》は、もう一度《いちど》勢《いきお》いを取《と》り戻《もど》せるのか!?　魏《ぎ》・呉《ご》・蜀《しょく》の三国《さんごく》の戦《たたか》いは、いよいよクライマックス！　怒涛《どとう》の完結編《かんけつへん》！

6 流星《りゅうせい》の巻《まき》

ついに三国《さんごく》のうちの一国《いっこく》、蜀《しょく》を手《て》に入《い》れた劉備軍《りゅうびぐん》だったが、それは魏《ぎ》の曹操《そうそう》、呉《ご》の孫権《そんけん》との新《あら》たな戦《たたか》いのはじまりにすぎなかった――。